104年童話選

周姚萍 主編

得主

陳景聰

作品

零下十八度的願望

九歌104年度童話獎 得獎感言

◎陳景聰

寫作〈零下十八度的願望〉期間，我一心關注著臺灣貧富過於懸殊的困境。可以說，這篇童話是懷著沉重心情完成的。

感謝九歌和主編們的青睞，得到這個獎，讓我的「作家夢」又變得更美好。

我從小愛閱讀、愛聽故事，只要是精彩的故事，或是能打動我心的小說，都令我回味無窮，成為我的心靈美食。所以我覺得作家非常了不起。

大專時期開始寫小說，這才深切體悟到：寫作是一條孤寂的道路，作家對我來說簡直是遙不可及的夢想。我嘗試過各類文學創作，直到進入臺東大學兒童文學研究所，遇見阿寶老師和一群同好，這才開始創作兒童文學，從此樂在其中。

到了三十幾歲，每當聽到別人叫我「作家」，我總是羞愧難當，隨即想起從前李敖大師罵萬年國代的話：「占著茅坑不拉屎。」後來被叫慣了，臉皮越來越厚，我就安慰自己：反正，只要繼續寫作，占著茅坑占久了，總拉得出一點「黃金」吧？

再次感謝九歌提供了這個機會，讓童話的創作者得到一次自我努力、肯定的機會。我寫故我在，為了一圓作家夢，我會不斷寫下去。

104年
童話選目錄

卷一 童話，好酷喔，

卷二 童話，太好玩了

卷三

童話，暖暖的

卷四

從時光機來的童話

卷五 童話魔法變一變

卷一

童話，好酷喔

風紀股長不要吵

／林哲璋

◎ 插畫／許育榮

作者簡介

來自兒文所。信奉淺語的藝術，嚮往「writes cats and dogs」；希望取悅未來的大人及長大的小孩！

曾獲：牧笛獎、教育部文藝獎、九歌年度童話獎等；出版有：用點心學校系列、屁屁超人系列、仙島小學系列、不偷懶小學系列等。

童話觀

文學是語言的藝術，藝術是智慧的展現。

「文以載道」告訴我們文學是載具，不是道的本體，是「買櫝還珠」故事裡主角費心思設計創作出來的盒子，反而比珠子更有價值。童話是最變化多端、能裝進各種智慧之珠的文體。

地球有個不家村，不家村村民都姓「不」，姓「不」的村民裡有位「不爸爸」，「不爸爸」生了很多兒女，兒女的名字取起來令人超頭痛，頭痛的不家爸媽想出了偷懶的命名法，偷懶的命名法竟讓不家小朋友擁有了怪異的超能力——例如：風紀股長——「不要吵」！

不家這位小孩出生之時，不爸爸正在產房外維持秩序：他對著兩個因為政治立場不同而吵起架來的家屬大喊：「『要吵』就到外面吵！這裡是醫院！請保持安靜！」

「哇——哇——！」當不爸爸口裡吐出「要吵」二字，產房裡也同時傳出了嬰兒的哭聲。

不爸爸和不媽媽約定——孩子出生時，不爸爸最先說的兩個字就是孩子的名字——不家的新成員名叫：「不要吵！」

人如其名，很怕吵的「不要吵」從小展現了「管秩序」的天分，只要他一出現，吱吱叫的小鳥馬上沉默，汪汪叫的小狗立刻安靜。他只要大聲自我介紹、高聲喊出自己的名字：「不要

吵！」宇宙天地萬物頓時靜默，鳥鳴獸吼人聲瞬間消失。

「不要吵」進到「不偷懶小學」就讀，沒多久，他的導師「不摸魚老師」就發現了他的天賦才華，於是指派他擔任「風紀股長」，負責維持班上的秩序。

只要有人破壞了寧靜，發出了聲音，風紀股長「不要吵」立刻負責任的拍桌而起、怒目而視、張口嘶吼自己天生註定的名字：「不——要——吵！」

有如被施了魔法一般，全班同學像是嘴巴被塞入了超大肉包，也彷彿嘴唇被貼上了強力膠帶，口裡吐不出半個字句，喉嚨發不了任何聲音；整間教室安靜得連針掉在地上都聽得見。

自從「不要吵」當了風紀股長，「不摸魚老師」的班級每次秩序比賽皆奪下第一名，師生家長對他都豎起大拇指。

風紀股長「不要吵」神奇的超能力讓很多老師或「常被抗議」的政府官員超級羨慕，可是，他還是偶爾會遇到尷尬的場面。例如，有一次他到不家村裡的忍者街去吃拉麵，他點了平常最愛吃的口味，正準備安靜的享用時，突然有一隻蜜蜂趁客人開門時飛了進來，牠哪裡不好去，竟然一直繞著「不要吵」的耳朵飛來飛去，還嗡嗡嗡的吵個不停。風紀股長「不要吵」吃飯的心情被打擾，口中的美食變無味，他氣得揮舞筷子大喊：「不要吵！」

這一喊，不但把蜜蜂嚇得趕緊採取靜音飛行，悄悄的飛出店外，就連店內的談話聲、說笑聲、咀嚼聲都瞬間消失，彷彿有人突然把音量轉成「靜音」；這一喊，也把忍者拉麵店的老闆惹得眼淚忍不住淅瀝嘩啦的掉下來。

「顧客如果覺得拉麵好吃，就會吃得淅瀝呼嚕，嘖嘖稱奇、聲聲叫好，今天大家吃麵卻沒有發出任何聲音，是不是……是不是大家覺得我煮的麵不好吃呀？」店老闆話還沒說完，已經哭得像個淚人兒。

風紀股長「不要吵」這才發現，原來，有時候很「吵」也是一種禮貌！

不只如此，有一天環保機構跑來「不偷懶小學」測量噪音分貝，說是有人檢舉噪音超標，影響了環境安寧和人體健康。

「怎麼可能？」全體師生都覺得不可思議。

環保局人員進到學校仔細測量，他們測了一次又一次，量了一遍又一遍。

最後，在「不摸魚老師」的班上測到了噪音來源。雖然班上同學的嘴巴都沒張開，可是，偶爾出現的巨響，卻讓環保人員的測量儀器故障爆表……

原來，每當風紀股長「不要吵」開始維持秩序，大喊「不要吵」時，每個人都感覺如雷

貫耳、魔音穿腦，環保人員的分貝計也承受不了，指針飛走，機器壞掉！

「不摸魚老師」這才發現：風紀股長「不要吵」為了維持秩序對著同學大喊「不要吵」的時候，其實最吵！

「怎麼辦？」風紀股長「不要吵」最驕傲的才華竟然在一夕之間變成最大缺點，他驚訝得說不出話來，他抓著頭心想：「原來，我叫別人『不要吵』時，自己才應該被人喊——不要吵！」

還有一次，貪心的大官跑來徵收不家村的土地，企圖把大家的田地、房屋統統毀掉，只為了蓋製造汙染的大工廠和貴得半死的大豪宅。不家村的村民上街抗議，圍住大官的車子高喊：「抗議！」大叫：「下臺！」

大官為了讓村民安靜、不敢吭聲，跑來高薪聘請「不要吵」幫忙維持秩序。

「不要吵」發現那些抗議人士的家園、田地都快被貪心大官搶走，即將變成無家可歸的村民、沒田可種的農民。「不要吵」覺得那些鄰居、親友、同鄉好可憐，因

此，拒絕了大官的請求，加入了抗議的行列。這時候，他才發現，不是「吵」就是不好，必須要聽聽看：到底在「吵」什麼？「吵」得有沒有道理呀！

——原載二〇一五年三月《未來兒童》第十二期

編委的話

● **沈世敏：**

一開始看到標題，以為是一位風紀股長很吵，大家都叫他安靜，結果不是。原來是故事主角名叫「不要吵」，這樣的安排，令讀者感到很有趣。不要吵就跟他的名字一樣，只要有一點聲音就很生氣，大喊「不要吵」。故事根據他的特性來發展，充滿驚喜。

● **林宜暄：**

我覺得篇名很特別，既然都當上風紀股長，怎麼還可以吵呢？沒想到風紀股長的名字就叫作「不要吵」。主角的名字充分的表達了主角的個性，所以角色特別鮮明。

● **鄭博元：**

作者標題下得很巧妙，讓讀者以為「風紀股長很吵」，看了以後才發現「不要吵」是風紀股長的名字，作者生動描繪出不要吵的性格，把故事寫得很生動。

禁語令、喔嗨喲

／蘇　善

◎ 插畫／李月玲

作者簡介

搖筆桿兒，寫詩、寫童話、寫小說，這些大大小小的創作持續發表，出現在報紙上、在詩刊上、在小學的國語課本上。蘇善喜歡閱讀，讀書、讀人、讀事、讀物，同時慢慢精進語言與文字，訓練腦子。

臉書：蘇善搖筆桿兒 https://www.facebook.com/suzannethepoet

童話觀

詩人華萊士 · 史蒂文斯的見解：「有變化、有趣、抽象」。關於「抽象」，評論家布魯姆給了解釋：「抽象不是反對寫實，而是讓人抽離。」而我自己，也評論也創作，寫童話，就是想聽一聲驚呼：「哇，這筆下世界真有意思！」

禁語令

鼠國換了新國王，王子即位，氣象一新。不久，新國王頒布一道命令：不准說話。傳令隊負責布達，從京城開始，一路向南。

這一天，日近昏黃，傳令隊抵達國境邊上，這兒，恰有一座小山，山腳下，住著一對好朋友，一個在東一個在西，遙遙相望。

「國王有令！」傳令隊的隊長敞開喉嚨，高聲地念：

> 凡彼良民，朕愛爾等。
> 為使朕安，昌隆國運。
> 即日禁語，肅清春秋。
> 天下寧靖，長長久久。

宣讀完畢，照例允許發問，因為每一個國王都喜歡把話說得拐拐又彎彎。所以，傳令隊長就是翻譯官，把深奧的話用明明白白的字講一講。

不准說話。

就是這麼簡單。

隊長轉著眼珠，左看看，右看看，眼前良民正好兩名，提問吧！

沒有回應。

都懂？

「國王御令！立刻執行！」隊長垂眼，再瞄了一次。

兩名良民只是睜大眼睛。

沒有問題？

靜默。

就當是沒有問題囉！

傳令隊長樂於收聲，早早回返，雖然鼠國不算太大，一整天扯開嗓子說話，也是挺累的。

於是，傳令隊掉頭，差事辦完了。

傳令隊漸行漸遠。

山腳下這兩隻老鼠方才開始小聲談論。

「我說，東坡君呀，咱們這位新國王真愛搞怪！」

「怎麼說呢？西陵君？」

「聽說啊，新國王年紀輕輕的，左右大臣不放心，天天上奏，說個沒完，惹得新國王厭煩，不想讓老臣整日嘮嘮叨叨，乾脆就下了這一道命令。」

「原來如此……」

「不說話，行嗎？咱們這兒偏遠，大官沒空來查吧？不過，咱們也不想惹禍上身吧？」
「不想！」
「所以咱們得把未來的話先聊一聊！」
未來的話？東坡君歪著頭想了想。
「可是……我不知道未來的自己會說什麼呀……」東坡君老實講。
「隨便想、隨便講啦，不然，世事難料啊！」
「好吧……」
於是，兩隻老鼠開始東拉西扯，說個沒完，你一言我一語，有問有答，句子串句子，就這麼從黃昏講到夜半，甚至忘了晚餐。

——原載二〇一五年一月十九日《國語日報・故事版》

喔、嗨、喲

不准說話，是不是什麼事都做不成？
怎麼可能！
兩隻老鼠可聰明哪，想出一個方法應變。
這對好朋友就住在國境之南的山腳下，一個在東，一個在西，向來以「東坡君」和「西陵君」互稱，雖然不是常常互串門子，總愛一起往山間流連。
這一天，微風徐徐，陽光柔嬌，按照慣例，理該往山中寫生去。
於是，兩隻老鼠各自揹起畫具，不約而同的抵達山徑入口。
漂亮！
兩個朋友互望，眼睛發光，意思是：天氣好清朗！
真的！
睜大眼睛，他們瞧著對方，點點頭，對彼此的默契都感到滿意。
東坡君和西陵君沒有對話，一前一後，踏上山徑。
這一條山徑，照例沒有旅客，向來不被打擾的林木依舊勃勃生長，粗細不一的樹幹訴說歲月的寬度，至於長度啊，兩個老鼠朋友從未探究，只記得某日忽然遇見對方，一起愛上這座山，也因為喜愛寧靜，各自選了山腳一隅，住下了，有伴，也享受孤單。
日子似乎一直這樣，變也不變。
友誼濃濃又淡淡。
山裡寫生便是這對朋友共同的興趣，只是取材略有不同。
東坡君喜畫植物，西陵君擅描動物。
進入林中，有一處空曠恰好提供寫生地點，於是，挑了角度，拿出用具，坐下，專心。
似乎森林也開始專心，安安靜靜的，連風兒都沒打鼾。

有幾縷陽光從高高的樹梢撒下來，光線之間突然彈跳，這絲切了，那條又斷。

東坡君發現了。

凝神注目，東坡君有所領略，卻不能直說，於是他做出嘴型，彷彿在說：「喔！」

立即摀口！

東坡君想起國王的禁語令。

幸好，西陵君懂了，他點點頭，西陵君張大嘴巴，有如回答：「嗨！」

東坡君見狀，樂了！原來這樣也能溝通！他在心裡對自己解釋：噘起嘴，不停點頭，沒錯，一定是說：「喲！」

於是，無言的對話開啟，攀的、爬的、溜的、懸的、掛的、藏的，都被發現了，驚嘆和讚美被歸納成幾個字，感情移入畫面，作了最鮮明的描述，畫取代話，而且敘述得更加生動。

沒有過多的形容，也就避掉加油添醋的麻煩，所有感動都能化作一字驚嘆，不管是「喔」、是「嗨」或者是「喲」，眼睛和嘴巴和臉部表情，把一瞬間的情緒濃縮，東坡君覺得舒暢，西陵君也覺得沒有什麼被漏講了。

於是，這一日的寫生，看似寂寥，其實五感流通，整個身軀浸浴森林，那奇妙啊，超越語言，真得感謝國王的禁語令哪！

——原載二〇一五年一月二十六日《國語日報・故事版》

編委的話

● **沈世敏：**

西陵君和東坡君聽到禁語令時，一定很緊張。後來他們去寫生時，卻自己創造了一種語言，是用五官來表達的，很新鮮。這實在是個既有趣又有啟發性的故事。

● **林宸伃：**

故事中的東坡君和西陵君，因為國王下的禁語令，而使他們兩個發現可以利用嘴型溝通。然後，他們還用畫來取代話，並用喔嗨喲和各式各樣的表情，來說出心聲。原本應該帶來痛苦的禁語令，沒想到東坡君和西陵君卻反而找出很特別的溝通方式。

● **鄭博元：**

這篇很特別，主角是老鼠，而他們的名字與他們所居住地的方位有關聯。故事內容描述鼠國的國王下了一道禁語令，呈現出無法使用語言時，還有哪些溝通的方式。

第三十八次偷襲 ／王家珍

◎ 插畫／劉彤渲

作者簡介

出生於澎湖縣、定居於臺北市。大學時代開始寫作散文、新詩，擔任英文漢聲雜誌社文字編輯時，開始創作童話。曾任兒童日報新聞編輯，現專職寫作。

作品曾獲得民生報童話獎、海峽兩岸童話獎、宋慶齡兒童文學獎、中時開卷版最佳童書獎、聯合報最佳童書獎、金鼎獎。

童話觀

熱愛寫童話、沉浸在童話世界。童話要情節有趣、文字易讀優美、碰觸人心溫柔小角落，帶給人們心靈上的撫觸。

童話要推廣「全人閱讀」，忙碌中年人務必閱讀童話、返老還童的老人們也很適合讀童話。

在西溪村，夕陽總落在二郎橋畔，有個夕陽特別鮮紅燦爛的傍晚，一頭狼混進西溪村，躲在一棟沒人居住的紫色鐵皮屋，牠喜歡吃小孩子的肉，特別是頑皮野孩子的肉，結實有嚼勁，是夢寐以求的美味。

二郎橋邊有棟小樓房，牆外有棵大桂花樹，牆裡住著的那個野丫頭，是西溪村最頑皮、最會撒野的孩子，她是狼盯上的第一特選美味。

野丫頭八歲那年，一個秋日黃昏，狼和她第一次交手。

野丫頭放學回家，看到路邊鐵皮屋外有一個糖果盒，是她夢寐以求的「萬聖節搗蛋溜溜糖」，野丫頭三步併作兩步，跑上前去，一把抓起糖果盒。

奇怪！糖果盒上怎麼綁了一條繩子？而且，不知道誰拉著繩子，迅速往回收，順勢把野丫頭往紫色鐵皮屋狠狠拖過去。

野丫頭邊扯著繩子往後退、邊仔細觀察，看見鐵門邊露出一隻爪子，知道是狼在搞鬼。

「休想搶走我的糖果！」野丫頭大吼一聲，衝過去撞門，狼爪被鐵門夾住，發出駭人吼聲。

野丫頭拿出書包裡的美工刀，把繩子割斷，拿走糖果盒。臨走前還撂下一句話：「我是二郎橋的老大，你想要吃人？先吃了我再講，否則你只能吃小老鼠，哼！」

狼的右前爪就是那時候被門夾斷的，雖然找張花朵巫婆治療過，但是到現在還很不靈活。

而且，不知道野丫頭哪來神奇力量，狼被野丫頭「詛咒」之後，真的沒辦法吃人了，只能吃小老鼠。

牠把可憐小孩子拐到鐵皮屋，準備要吃掉孩子的時候，卻發現牠的嘴巴打不開，四肢無力癱軟在地，只能眼睜睜看著小孩逃走，把牠氣得發狂！

從那次以後，狼就和野丫頭結下了「血海深仇」，唯有吃了野丫頭，狼才可能再度吃人，但是野丫頭聰明又機智，每次被狼突襲，總是能識破狼的詭計，並且給狼迎頭痛擊！

野丫頭十八歲那年，狼在野丫頭放學的路上做了一個陷阱，野丫頭邊走路邊跳舞，幸運的跳過陷阱安全回家，緊跟在她後面的一位先生，很倒楣的一腳踏上陷阱，掉了進去。

狼衝上前去，跳進陷阱，張開大口就要咬，沒想到那位先生是跆拳道教練，對著不知死活的狼，一陣拳打腳踢，狼的左眼球飛了出去，要不是他逃得快，右眼球可能也不保。

狼就是在這次偷襲行動中變成獨眼狼的。

一個秋日午後，狼絆倒一位郵差，郵件灑滿地，狼假裝好意幫忙收拾，其實是要竊取野丫頭的郵件。

牠拿到一張明信片，一位朋友通知野丫頭，三天後要來拜訪她。

狼把明信片揣進懷裡，正想溜走，被郵差拎住衣領說：「想從我手中偷走郵件？看我的厲害。」郵差一把搶回明信片，狠狠踹狼一腳，讓牠倒在地上哀嚎。

等郵差一走開，狼笑嘻嘻的爬了起來，揚起手中的明信片說：「你的腳力，哪比得上野丫頭？她踹我的力道可大啦！你拿走的那張明信片是假的，真的在我這裡啦！嘿嘿嘿！」

三天後，狼埋伏在路邊，綁架了野ㄚ頭的朋友，把她關進鐵皮屋，自己化妝成她的樣子，大搖大擺走近野ㄚ頭家門口，正要敲門，突然發現粗大多毛的尾巴藏不住，怎麼辦？

狼發揮急智，把尾巴變成雨傘，還用雨傘在大門敲了三下，叩叩叩！

大門很快打開，野ㄚ頭探出臉來，笑容可掬的說：「稀客稀客，快進來。」

野ㄚ頭拉住狼的衣袖，拉牠進門，把狼樂得眉開眼笑，等待了許多年，居然這麼輕鬆就進了野ㄚ頭的家，這是牠第三十八次襲擊野ㄚ頭，只准成功、不可失敗。

狼才在客廳坐下，野ㄚ頭盯著牠看，大聲尖叫起來！

狼以為又被識破了，正想撲上去咬野ㄚ頭，沒想到野ㄚ頭拉開抽屜，抓出一個小包，撕開包裝，把一片冰冰涼涼的東西，啪！的一下子貼在狼的臉上，還說：「妳的臉怎麼這麼皺巴巴的？來，敷一塊我的神奇面膜，十五分鐘後就會水噹噹，像十八歲小姑娘喔。」

野ㄚ頭把面膜敷在狼臉上，叫牠躺在沙發上不要動，自己拖來一盆沙拉，嘰呱嘰呱吃了起來，嗆辣的洋蔥味兒，把狼薰得頭暈腦脹、眼淚直流、四肢發軟，牠最怕洋蔥了。

野ㄚ頭吃完沙拉，到廚房拿來兩杯紫色飲料，一杯遞給狼說：「這是妳最愛喝的水果酵素，我可是釀了三個月才做好呢，妳不喝光，就不是我的好朋友。」

狼就是怕被識破，壞了大事，不得已，捏住鼻孔喝了飲料，哎喲！又酸又澀又有怪味，狼喝完之後，一陣反胃、癱軟在沙發上，半天沒辦法動彈。

電話響了，野ㄚ頭轉過身去接電話，狼慢慢爬起來，偷偷摸摸接近野ㄚ頭，伸出利爪，準備一舉掐住野ㄚ頭脖子，了結這十幾年來的恩怨！

沒想到野ㄚ頭居然養了一隻貓！

埋伏在二樓的貓，從高處跳下，對狼發動攻擊，把狼從頭到屁股抓出好幾條傷痕，尖叫著跳出窗戶、落荒而逃。

野ㄚ頭聽到吵鬧聲，回頭一看，看到狼逃跑的「狼狽」身影，才知道是狼扮成好朋友的模樣，要來吃掉她，真是可惡！

幸好她養的貓識破狼的詭計，救了她的命，野ㄚ頭蹲下來摸摸貓的頭。貓身上的毛還聳著、口中發出警戒的低吼，瞪著狼尾巴變成的傘。

野ㄚ頭拿起傘，聞到狼臊味兒，她看很多書，知識和常識都很豐富，知道該怎麼應付這種棘手的事兒。

她拿來結實的麻繩，把傘柄牢牢綑住、綁在門口大桂花樹幹上，接著，「碰！」的一聲，撐開傘。

撐開的傘變回狼尾巴的模樣，而且這條狼尾巴就像吸塵器，發出超強吸力，颳起一陣強勁的風，把野ㄚ頭的頭髮吹得亂七八糟。

已經逃回鐵皮屋，咬住野ㄚ頭朋友褲管、左右拉扯的狼，突然被一股無形的力量吸住，瞬間被拉回野ㄚ頭家門口的大桂花樹邊。

等在旁邊的野ㄚ頭，看見傘打開的瞬間，立刻回復狼尾巴的原形，一陣驚天動地的大風颳

過，綁在樹幹上的狼尾巴上接著那頭想要吃她的狼，而狼的嘴裡咬著她的好朋友的褲管，他們三個愣了好一會兒，才明白發生什麼事。

狼的尾巴被綁在桂花樹幹上，震驚又慌張，鬆開嘴巴裡的褲管，扭動著想要逃跑；野丫頭的好朋友，掙脫狼的利齒，爬向野丫頭，抱住她，嚇得發抖。

野丫頭先安撫她的好朋友，接著用狗項圈套住狼脖子，把狼栓在桂花樹幹上，對狼說：「早就告訴過你，我是西溪村二郎橋的老大，你還敢來惹我？現在你不但不能再吃人，還得當我的看門狼，一輩子吃狗飼料，哼！」

從此以後，狼成了野丫頭的看門狼，小偷和強盜都不敢來撒野。

——原載二〇一五年十月二十二～二十三日《國語日報．故事版》

編委的話

● **沈世敏：**

這篇故事真的很令人印象深刻，因為故事中的野丫頭從小到大一直遭受狼的襲擊，但總是能運用智慧或靠著運氣躲過一劫，甚至給狼迎頭痛擊，最後還馴服了狼呢。

● **林宜暄：**

很多故事中的狼，都會裝扮成人進到小朋友家吃人，所以這樣的主題並不特別，然而，作者卻在狼偷襲野丫頭的過程中，加入許多笑點，以致能吸引人注意，而且結局竟然讓狼像狗一樣在門口看家，變成「看門狼」，真是令我感到驚訝。

● **鄭博元：**

故事裡的野狼，常常都是使壞第一名，然而，在這篇童話裡，卻是野丫頭和她的貓識破野狼的詭計，把野狼耍得慘慘的，不管野狼試幾次就是沒有辦法吃到野丫頭。還有，九歲的野丫頭隨口講出的話，竟然變成真，很特別。這一篇童話跟虎姑婆有點相似，但是作者把故事寫得生動活潑，十分迷人。

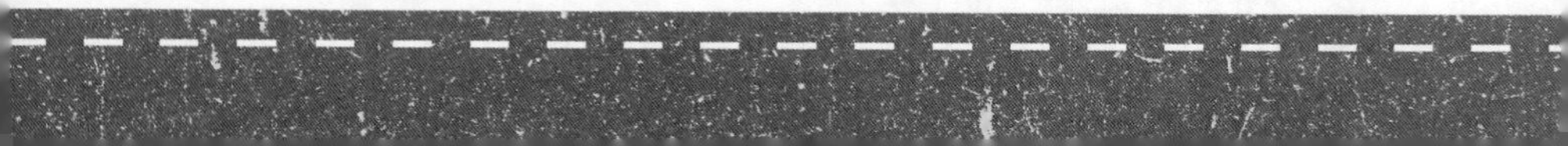

蟑螂國第一勇士／王美慧

◎ 插畫／許育榮

作者簡介

一九七一年生，文字工作者。

童話觀

童話世界充滿歡樂，願每個來到童話世界的小朋友，都能有甜滋滋的笑容。

蟑螂王國為了鼓勵子民大舉進軍人類的家庭，舉辦了第一屆蟑螂王國第一勇士的選拔，只要在人類拖鞋底下逃過一百回，就能當選，獎勵是可以獲得蟑螂公主的一個香吻。

蟑螂公主是蟑螂王國身材最好的火辣女神，活動一出，大夥爭先恐後要奪第一勇士的寶座。

可惜，活動至今一個月，九千九百九十九隻自告奮勇挑戰人類拖鞋的蟑螂，都在五下以內就壯烈犧牲了。

「這個任務太艱難，一定沒有蟑螂會成功的。」一號評審蟑兮兮捻著鬍鬚。

「已經超過三天沒人來報名，大概沒人敢挑戰了。」二號評審蟑飛收起報名表，準備下班。

「等等，有人來了！」三號評審蟑話說。

三人齊看向來者，架在鼻梁上的眼鏡一起掉了下來。眼前這隻蟑螂，矮矮小小、瘦不拉嘰的，憑他也想爭第一勇士的寶座？

蟑兮兮看了他一眼，「叫什麼名字？未滿十八個月，要家長簽名才可以參加。」

「我叫蟑小強，已經滿十八個月了。」蟑小強雖瘦小，說起話來中氣十足。

「填報名表。」

「還要簽切結書。」

「我們要事先聲明，如果你因這活動死翹翹，你的家人不得求償，國家不會給你任何賠償，一毛也沒。」

「這我知道。」簽好切結書的蟑小強，問道：「請問，是不是只要站在拖鞋底下不被踩死，就算成功？」

「『站』在拖鞋底下？」蟑飛嗤了聲，「你要是能『站』在拖鞋下面，被人類連續踩十下都沒死，我這關就算通過。」

「呃，至少要二十下吧。」蟑話提點著蟑飛，畢竟他們蟑螂同胞的生命力是很強的。

「如果『站』在拖鞋下面都不動的話……。」蟑兮兮思考片刻後，作出自認公平的結論，「那最少要三十下才算過關。」連躲都不躲，不被拖鞋打死才有鬼！

蟑小強揮動著雙手，信心滿滿的笑著：「不用更改條件，還是維持一百下。」

審查過蟑小強的身分後，三位評審即刻啟程，來到蟑小強自由指定的人類家庭，只見蟑小強畏首畏尾，緩慢的往前行。

「喂，你要主動出擊，飛來飛去，做出挑釁的舉動，人類才會拿拖鞋打你。」躲在角落，拿攝影機錄影存證的蟑飛，看不下去的喊。

蟑小強回頭「噓」了聲，示意他們小聲點，沒多久，就見蟑小強慢慢走到人類腳下，且真的站在拖鞋下方。

「一下、二下、三下……，五十一、五十二、五十三……。」蟑話傻眼的數著。

「呃，這樣算嗎？」蟑飛傻愣住。

「也沒規定不可以就是。」蟑兮兮一副被蟑小強打敗的表情。

在心中默數，確定超過一百下後，蟑小強對著鏡頭比YA，他成功了！

他可是前後找了超過一百戶的人家，才找到這一家，觀察了男主人很久，只要他坐在電腦前，就會開始抖腳，而且會一直鞋不落地踮著腳尖，抖十下停頓一下，又開始狂抖……，他站在他拖鞋下，挑戰兩百下都沒問題。

「報告國王，我國的第一勇士誕生了，對，足足有一百下，不，超過一百。」蟑兮兮打手機向國王回報著這令人啼笑皆非的最新消息。

——原載二〇一五年七月二十二日《國語日報・故事版》

編委的話

● **林宜暄：**

我覺得故事中選「第一勇士」的方式好特別，以前都以為是比賽上山下海，或是比賽誰可以餵獅子吃飯等等，從來沒聽過「在人類拖鞋底下逃過一百回」這種選拔方式，不過牠們是蟑螂，所以選拔方式當然比較特別。但這個故事和同類型的故事結局相同，在最後出現了獲勝者，並沒有讓我感到特別意外。

● **林宸伃：**

故事實在太有趣了！通常人類都是因為害怕或討厭，才把蟑螂踩死的，但蟑螂卻將人類這樣的反應當成挑戰。我覺得作者想說：挑戰成功的蟑螂是因細心觀察，才得到好結果。所以，或許作者想要跟我們傳達，做任何事之前，都要細心觀察。

● **鄭博元：**

作者非常巧妙的運用童話的方式表達：所謂的勇士不一定要力氣大、最強壯，也可以是很會運用智慧、觀察力。她告訴我們，遇事不要太衝動，要冷靜思考，以智取勝！

一隻專門製造麻煩的龍以及其他故事／蔡宜容

◎ 插畫／劉彤渲

作者簡介

希望自己是極限運動選手，但只能做到挑戰極限閱讀與運動場跑步的一個人。

童話觀

把自己跟別人帶到另一個平行或歪斜時空，最好還可以讓自己又想哭又想笑的一種故事存在形態。

移龍一百七十八歲了。這對六大龍族公國來說，不論從政治的、經濟的、國防的，甚至社會心理學的角度來說，都是一件非常，非常重要的事。

歷經兩次龍族大戰的六大公國，總算在五百年前簽訂和平協議，當六大龍頭頭集體噴出象徵友愛的心型火球，並透過雲端轉播，傳送到各公國天空時，那混雜著龍吼龍號，以及無數龍眼淚龍鼻涕的場景啊……我現在想起來都忍不住熱血沸騰。

但是你得明白，龍族的天性是火爆的，他們連口水滴在烤肉架上都能引發爆炸，好好一塊肥肉轟一聲就成了焦炭，非常不方便，這就是他們從來不辨巴逼Q的原因……好吧，我扯遠了。總之，歐特蒙追根（朗龍小辭典：追根，龍族語，意即公國）的龍頭頭，也就是移龍的媽媽，她提出一個絕妙的點子，保證大家從此相親相愛，永遠不戰爭。

她提議讓六大公國的第二代王族們「自由戀愛，自由結婚」，這麼一來，我家大龍兒是你家小龍兒的心肝，你家轟龍龍是我家砰龍龍的寶貝，龍族一家親，親戚別計較，仗也就打不起來了。這個點子一說出來，其他五顆龍頭……頭點得才厲害咧。

但是你得明白，龍族的天性是精明的，絕不吃虧的，他們連身上有幾朵鱗片都一清二楚，上澡堂洗刷刷按片算錢，你若以為可以打迷糊帳，跟他們多收一鱗片的錢……想！都！別！想！好吧，我扯遠了。總之，歐森、俄邁辛、奧特斯但丁、范特西提克、斯派特秋拉，五大追根龍頭頭先後提出相同的疑問：假如某一代的追根沒有，或者暫時沒有少年王族加入這場「自由戀愛，自由結婚」聯誼；假如搶先結成親家的追根密謀聯手併吞天下……這又該如何是好？

嗯，的確是相當傷腦筋的問題，不是嗎？

關於詩答答滅火咒

經過新一輪熱烈的討論，龍頭頭們一致同意，必須等待六大公國第二代王族全部成年，才能啟動這場史無前例的聯誼活動。

直到六大龍頭頭各自回國，大夥兒這才想到，唉，歐特蒙追根的第二代王族，移龍，才一百零八歲，而歐森、俄邁辛、奧特斯但丁、范特西提克與斯派特秋拉追根的第二代分別是二百八十三、一百一十五、一百八十、一百七十以及一百二十歲。

在故事繼續往下說之前，我想我得提醒你，每一代龍族都是單傳，也就是說，只此一隻，別無分號；龍族法定成年齡則是一百七十八歲。好啦，你可以想像，俄邁辛與斯派特秋拉追根的第二代，開心期待著七十年後的「自由戀愛，自由結婚」，至於歐森、范特西提克與奧特斯但丁追根的第二代，心情就有點複雜了。

但協議畢竟是協議，象徵友愛的心型火球都噴了，過程都實況轉播了，大家只能摸摸鼻子，認了。正如歐森追根龍頭頭安慰他的龍孩兒：「不就是再等七十年嗎？到時候你也不過才三百五十三歲，你爸爸我呢，直到四百五十八歲才遇見你媽媽，瞧瞧我們多相愛，多幸福！」

說完，他溫柔的朝龍媽媽噴了氣，照例火勢太強，照例燒焦了龍媽媽一根龍鬚。

好啦，終於等到移龍一百七十八歲。龍族六大公國史無前例的第二代「自由戀愛，自由結婚」活動終於可以開始了。沒想到，移龍非常不合作，他根本拒絕參加任何王室聯誼。

該怎麼說呢？總之，這隻移龍從小是個麻煩製造龍，他甚至宣稱自己未必要當一條龍。他可不是隨口說說。

當其他龍孩兒拚命上補習班學習花式噴火技，移龍闖入禁書圖書館，找到一本「一百天學會不噴火的黑魔法」，在每個沒有月亮的夜裡，飛進森林，盤踞在最高的老橡樹上，咕哩咕嚕演練詩答答滅火咒，然後在第八十二天的黎明，他哇哈哈的衝進龍頭頭寢宮，搖醒睡眼惺忪的龍媽龍爸，大喊著「你們看！你們看！我練成黑魔法，噴不出火了！」

龍媽，也就是歐特蒙追根龍頭頭，一骨碌坐起來，顫抖著問「不噴火你還能噴什麼？」移龍露出幾近邪惡的笑容，張開嘴呼呼呼吹氣……原本應該迸裂的火光，噴竄的熱氣全都不見了，一個個大大小小的「字」，叮叮咚咚落在花崗岩地板，叮叮咚咚發出這樣的聲音：

我要從地獄帶腐爛的花朵給你
毒芹、番木鱉，還有一大籮蕁麻
陰風吹過刺人樹，夾竹桃盛開
我將是你忠實的愛人

「這，這是什麼？」龍媽，也就是歐特蒙追根龍頭頭的聲音顫抖，有如風中枯葉。

「詩啊！是詩啊！我將成為歐特蒙追根第一隻會噴詩的龍！」移龍的眼睛發亮，好像快要噴火了。

「嗯哇哇嗚嗚嗚嗚嗚……」龍爸把頭埋進枕頭，悲切的哭了起來，「一隻只會噴詩的龍？這還能算是龍嗎？」

關於第三次龍族大戰危機

好吧，我扯遠了。總之，「龍甩尾碰碰球」好無聊，「吼龍歪卡拉ＯＫ」蠢到爆，「古典＋花式噴火研習營」饒了我吧……移龍總有一千零一個理由，把一千零一種聯誼活動貶得一千零一文不值。最後龍爸龍媽只好使出終極殺招：如果移龍繼續拒絕聯誼，他們就要燒掉禁書圖書館！

移龍屈服了。沒辦法，他太愛禁書圖書館，館裡收藏一萬零一本黑魔法書，除了詩答答滅火咒，他正在學習龍身豬頭合成術與龍鬚糖吃到飽密技；圖書館太有趣，千萬燒不得。

我只能說，龍爸龍媽的如意算盤打錯了，移龍不參加還好，每次出席王室活動都差點引發外交危機。就拿今天在城堡花園舉辦的下午茶會來說吧，歐森追根的酷龍一面照鏡子整理龍鬚，一面對移龍說，「雖然你的鱗片髒髒的，龍鬚毛毛的，看在你們歐特蒙追根這麼富足的分上，我可以勉強接受——」

移龍轟的掀翻桌子，踢翻椅子，還把酷龍的鏡子踩在第二對腳的左腳下，他說「不必喔，千萬不要勉強，我可沒打算勉強自己接受你的電波拉皮鱗片，假得要死矽膠龍鬚。」

花園裡所有龍都倒吸一口氣，因為對死要面子的龍族來說，當面戳破別「龍」整型是一件非常殘忍、非常粗魯的行為。

你可以想像，歐特蒙追根的龍頭頭花了多大力氣，或者更精確一點來說，花了多少錢，才讓歐森追根的酷龍消氣，其中還包括提供一張「永遠免費修趾美甲」禮券！當歐特蒙追根派出儀隊歡送酷龍出城時，移龍飛上城牆，張開嘴呼呼呼吹氣，原本應該迸裂的火光，噴竄的熱氣全都不見了，一個個大大小小的「字」，咻咻咻咻落在城牆上，咻咻咻咻發出這樣的聲音：

我偏愛黑魔法，他喜歡燙龍鬚
我偏愛暴風雨，他喜歡三溫暖
我偏愛又尖又長龍趾爪，他喜歡bling bling花指甲
我偏愛%^&(#@他喜歡%^&(#@

最後一句大家都沒聽清楚，因為龍爸飆速升空，一把抓住移龍的尾巴，超飆速繼續升空。還好龍爸手腳夠快，否則不知道又要惹出什麼麻煩。你問我最後一句是什麼？唉，你聽聽，

這樣像話嗎？「我偏愛張開又尖又長龍趾爪，扯爛他喜歡的bling bling花指甲」。這下你該明白，作為歐特蒙追根的龍爸可不是件輕鬆差事，當你的龍頭頭老婆只顧著進行外交儀式，當你的移龍孩兒只顧著搗亂，你不但要全神貫注，還得手腦腳尾並用，瞬間飛天竄地，才來得及阻止第三次龍族大戰危機……這一切只有三個字可以形容：累・斃・了。

關於花不溜丟變色咒

事情發生的確切時間是在移龍一百七十八歲又三百六十四天的中午，不多不少，不早不晚，正中午十二點。移龍照例闖入禁書圖書館，照例抽出一本「百咒全書第八集——如何在二百歲之前成為變色龍」，照例飛進森林，盤踞在最高的老橡樹上，演練花不溜丟變色咒。

在故事繼續往下說之前，我想我得提醒你，六大龍族各自擁有獨一無二的「家族色」，歐特蒙、歐森、俄邁辛、奧特斯但丁、范特西提克、斯派特秋拉六大追根的家族色分別是：紫金紅黑青白。也就是說，移龍從頭紫到腳，他的龍爸龍媽，以及所有歐特蒙追根的子民們，全部紫成一團。龍族們對自己的家族色感到非常驕傲，改變家族色不但超乎想像，而且很蠢。不過，移龍專幹超乎想像的事，而且很蠢。他昨天成功把自己變成紅色，呃，也不能說完全成功啦，因為他的龍頭與四條龍腿仍然一片紫淋淋……所以他非常認真的繼續研究花不溜丟變色咒。

這時樹下傳來一陣騷動，不時還冒出許多火光與煙塵：

我要從地獄帶腐爛的——噗碰轟——給你
毒芹，噗碰轟，還有一大籮噗碰轟噗碰轟
噗碰轟吹過刺人樹，夾竹桃噗碰轟
我將是你噗碰轟轟轟轟轟轟轟

接著是一陣咒罵：

「詩答答滅火咒怎麼這麼難！我永遠當不了世界上第一隻會噴詩的龍了！」

移龍咻的往下竄，一面大叫，「就算你練成了，也只能當第二隻會噴詩的龍！」然後二話不說，開始傳授演練詩答答滅火咒的密訣，兩條龍演練整個下午，又是噗碰轟，又是轟碰噗，搞得橡樹下一片霧茫茫，直到太陽快下山，直到第三千二百二十一次朗讀，整個過程總算只噴了兩團火。移龍累得趴在草地上，「太好了，我想最遲今天晚上，或者明天太陽出來之前，你一定可以練成。」

樹下的陌生龍慘叫一聲，「什麼意思？我們還要練下去嗎？不是該休息嗎？我肚子好餓，餓到快噴火了……」話還沒說完，他突然抱著肚子大笑，移龍也跟著大笑，明明沒什麼好笑的，但他們完全失控，笑到眼淚都噴出來……就像被施了魔法。

樹下的陌生龍一邊擦眼淚，一邊伸出龍爪，「我是來自俄邁辛追根的——咦，你的身體跟我一樣是紅色的，等等，你的頭跟腿卻都是紫色的……天啊，你該不會正在練花不溜丟變色咒吧？太厲害了！教我教我……」

移龍從來沒想到，世上居然有第二條龍也喜歡黑魔法，兩條龍居然還來不及交換名字，互相介紹什麼的，就開始討論百咒全書，直到月亮出來，直到太陽升起。當移龍說起王宮裡有座禁書圖書館，館裡收藏一萬零一本黑魔法書，新朋友的眼睛都亮了，簡直像要噴火一樣，移龍感到非常開心，非常開心。

你問我故事後來怎麼發展？我只能說，截至目前為止，龍族始終沒有爆發第三次大戰，至於「自由戀愛，自由結婚」的聯誼活動嘛……自從移龍在龍族公報投書，提出「為什麼聯誼對象限定六大龍族王室成員？這種活動根本不自由」的看法之後，勉強辦了三年，場面一年比一年冷清，後來乾脆停辦。

你問我來自俄邁辛追根，樹下的陌生龍叫什麼名字？老實說，我忘了；但是，這重要嗎？

你問我是誰？嘿你問題挺多的嘛，這個問題……老實說，我已經回答過了；但是，這重要嗎？

——原載二〇一五年四月七～十一日《國語日報・故事版》

編委的話

● 沈世敏：

我覺得這篇故事很酷。從小，大人們都說龍很厲害，故事裡的龍都一樣厲害，但是這篇文章卻說到龍很會製造麻煩，例如，滴個口水都可能引起大火。原來翻轉某種角色的既定印象，可以發展出非常有趣的故事。

● 林宜暄：

這篇文章很長，內容是在說一隻很會製造麻煩的龍和其他關於牠的故事，並沒有很新奇，但是我覺得很特別的是，說故事的人好像在和我們對話，或者一直在自問自答，感覺和其他故事的風格很不一樣。

● 鄭博元：

這篇童話有著特別的風格，與我們一向習慣的口味迥然不同。一隻移龍做什麼事都跟其他龍不同，讓其他龍覺得牠很會搗蛋，但牠勇於做自己，實現自己的夢想。我很喜歡牠的精神，只不過，有時候也要聽別人的意見，才不會讓其他人覺得你很討厭。

卷二

童話，太好玩了

孕婦補品 ／李瓊瑤

◎ 插畫／劉彤渲

作者簡介

很喜歡看小說的一個人，總是幻想著有一天能寫出曠世鉅作。如今在童話世界裡滿足說故事的慾望，希望也能滿足了讀者的慾望。

童話觀

當現實世界的一切無法改變時，童話就能讓不可能化為可能，最起碼能阿Q得讓心裡好受一點。

春天，萬物充滿生機，是個適合繁衍的好季節，尤其在巧心的生活周遭，到處都可以看到大腹便便的「孕婦」。

這些「孕婦」長著翅膀，有著長長針尖似的細嘴巴，和一個永遠吃不飽的肚子。

「喂，妳聽說了嗎，那個一年一班的補品超好吃的耶！」孕婦A舔舔嘴巴旁的殘汁，意猶未盡的回味。

「妳是說巧心嗎？她身上都是夜來香、薰衣草、香茅的味道，我大老遠聞到就想吐，一點也不想吃她。」孕婦B露出不敢恭維的表情。

孕婦A搖搖屁股，露出一副「這妳就不懂了」的表情：「我看妳是第一次懷孕吧，半點兒孕婦常識都不知曉。咱們都是要當媽媽的人，為了肚子裡的下一代，一定要好好補充營養。像那種身上塗滿防蚊液的人，才是最好吃的。」

「為什麼？」

「這還用問嗎？一定是吃過她的蚊子『一試成主顧』，三餐按時找她報到，才會逼得她把自己弄得臭烘烘的。」

孕婦B心裡還是有點兒懷疑，不過看孕婦A信誓旦旦的保證，就姑且試試看吧。

午餐時間到了，孕婦B捏著鼻子，忍著惡臭，努力往巧心的方向飛過去。儘管已經快要夏天，巧心的身上還是包得緊緊的，只露出脖子、手腕一點點肌膚，比較容易偷襲成功。

孕婦B放輕翅膀聲音，偷偷潛伏靠近，卻在中途被孕婦C攔下來。「喂，妳有會員卡嗎？」

「會員卡?什麼會的會員卡？」孕婦B覺得莫名其妙。

孕婦C：「巧心已經是『優生寶寶月子中心』的私人財產，妳想吸她的血，就要先辦會員卡。喏，這是申請表，到櫃臺那邊去辦手續。」

什麼?竟然有這種事?「可是早上孕婦A告訴我的時候，沒有說要辦會員卡啊！」孕婦B從沒聽過哪個人的血，可以變成某個財團的私人財產。

孕婦C有點不耐煩：「妳沒看到嗎?巧心在冷氣房裡，還從頭到腳包得緊緊的。大熱天的，她爸爸居然讓小孩穿長襪上學，襪子上還貼上兩片防蚊貼，手上戴著驅蚊手環，連脖子都抹著厚厚一層防蚊液，這代表什麼?代表她的爸爸已經快受不了！」

孕婦B：「蚊子吸人血，天經地義，哪裡不對了。」

孕婦C：「像妳們這樣肆無忌憚的想吸就吸，完全沒作流量控制，巧心每天都帶著一大堆腫包回家。再這樣下去，萬一巧心爸爸讓小孩轉學，大家豈不是雞飛蛋打，半口也沒得吃了?」

仔細想想，孕婦C說得也有道理。只看櫃臺那邊大排長龍的隊伍，這個巧心肯定很好吃，簡直快要媲美《西遊記》裡的唐僧肉了。如果因為沒有作好永續經營，毫無節制的擷取上天賜給他們的資源，害得大家以後只能在記憶中懷念這樣的「神之美味」，確實不太好。

儘管不願慢慢等待，但孕婦B還是撲撲翅膀，慢慢往櫃臺的方向飛去，趕緊申辦一張會員卡。

這天放學回家，巧心開心的撲進爸爸的懷裡，爸爸也親暱的揉揉巧心的頭髮。「怎樣？今天在學校過得開不開心。」

巧心點點頭：「嗯，葉老師今天教我們唱新的兒歌『嗡嗡嗡』，大家都好開心。喔，對了，今天我只被咬了兩個包呢！」

「真的啊！在哪裡？爸爸看。」

巧心指指脖子後面說：「牠們趁我睡午覺的時候，偷偷咬我，我已經自己抹過藥

register

了。」

爸爸欣慰的點點頭：「巧心好棒，會照顧自己。看來新的防蚊液很有效，下次爸爸多買幾罐。」

——原載二〇一五年九月五日《國語日報‧故事版》

編委的話

● **沈世敏：**

這篇文章是因為主角是蚊子，因而使讀者產生興趣，而且故事中的蚊子全是孕婦，牠們的補品還是人的血，要吸血還需要會員卡。從蚊子的角度來寫故事，很特別。

● **林宸伃：**

日常生活中，我們總是只想到人對蚊子的感受，卻沒想到蚊子對人是怎麼想的。而且故事中裡面提到要吸小女孩巧心的血時，得辦會員卡，是我覺得很好笑、很特別的地方。

● **鄭博元：**

主角是蚊子孕婦，非常特別，我從來沒有從蚊子的角度看牠們盯人的問題。作者還在故事中告訴我們，所有的資源都是有限的，萬物都不能沒有節制的取用。

飄飄村放暑假 ／王宏珍

◎ 插畫／李月玲

作者簡介

我希望有一天是被人們如此記憶的：我不太認識王宏珍這個人，但是我認識她故事裡那隻好想拜年的黃鼠狼、那位吃了廿八疊就精神飽滿的皇帝、那位大家都愛找他幫忙的骯髒鬼……我希望他們曾經為某個孩子或者大人而在。

童話觀

常常我寫了開頭，卻連自己也還不知道結局是什麼，總是必須等待，找尋、思索、傾聽那個細微的聲音，我只是比讀故事的人早一些些獲得這個故事而已呀。我也不知道故事是哪兒來的。並且我信以為真。

每年農曆七月放暑假，本來是飄飄村民最期待的事情，有的村民計劃去旅行、有的村民想四處拜訪親戚，還有村民要去打工賺些錢，什麼？飄飄村民能打什麼工？飄飄村民多才多藝，身手靈活又愛乾淨，發傳單速度第一名、吹口氣就讓屋子清涼無比、遊樂園鬼屋歷險三百六十度轉轉頭、伸伸舌頭、飛來飛去，對飄飄村民來說，輕而易舉。

可是每年暑假都做差不多的事情，好像越來越無趣，尤其村子外面的朋友大家都很熱情，三天兩頭會招待飄飄村民又多又好吃的流水席，結果每次放完暑假回到村子裡，村民們原本寬寬的白袍子好多都變緊身衣，變胖的身體，飄了半天還是在原地，大家覺得每年都這樣實在不行，所以飄飄村村子口的雜貨店最近特別多的村民愛在那兒聚集，大家互相交換消息，看看今年暑假有什麼好地方值得去，哪些活動不能缺席，有沒有什麼新奇有趣的暑假活動主題。

「現在全世界都在跑步喔。」剛搬到村子的新村民阿力很神氣的說出他知道的最流行的事情，飄飄村民一聽，驚訝得眼珠子叮叮噹噹掉滿地，把還不習慣當飄飄村民的阿力嚇得哭不停，閻老爺子連忙安慰阿力，孟婆婆趕緊也端了一碗冰涼涼的湯，給阿力喝下，讓他忘記剛才的恐懼，對飄飄村民來說，想去哪裡，用飄的就可以，跑步，是什麼東西？大家拜託阿力繼續說下去。

「就是兩隻腳在地上移動，手也要擺動，會流汗喔。很多人一起跑。很開心。」阿力也說得不清不楚的，因為一來到飄飄村，大家喝了孟婆婆的湯，很多以前的事情，重要的、不重要的，漸漸就忘記了，只有剛來的阿力，還有些模糊的記憶。

阿飄雜
涼
閻

七爺爺、八爺爺、牛老大、馬二哥，這時候剛好從雜貨店門口經過，大家七嘴八舌的你一句我一句，問了好多跑步的事情，他們常常到村外幫閻老爺子跑腿，有時候還要幫忙找不到路的新村民帶路，跑步對他們來說，本來就是家常便飯的事情。

七爺爺、八爺爺、牛老大、馬二哥，開始分組教村民們怎麼跑步，大家常常一不留神就往上飄，一不小心就踩到白袍絆倒，大家嘩啦嘩啦的笑得停不了。

真是沒想到飄飄村民對跑步這麼感興趣，村長閻老爺靈機一動，決定為飄飄村民舉辦一次「飄飄村盃夜奔路跑」，在暑假結束的最後一天，村民們從四面八方各自起跑，路跑終點就是飄飄村。

所以，快快樂樂離開飄飄村放暑假的村民們今年可不想大吃大喝，暴飲暴食，他們利用旅行、探親、打工，有空的時間，練習跑一跑，最開心的應該就是飄飄村的七爺爺、八爺爺、牛老大、馬二哥，以前暑假結束總得三催四請到處找飄飄村民，他們才願意回飄飄村，今天，有了「飄飄村盃夜奔路跑」，七爺爺、八爺爺、牛老大、馬二哥只要站在村子口迎接大家就好囉！

你猜，誰會是「飄飄村盃夜奔路跑」的冠軍得主呢？

——原載二〇一五年八月十一日《國語日報・故事版》

編委的話

● **沈世敏：**

在一般故事中，鬼都很可怕，可是作者居然把鬼變得有趣，不僅可以放暑假，還可以路跑，真是有趣的故事，很適合小朋友看。

● **林宜暄：**

我覺得這篇文章的名稱取得很好，因為本文是描述鬼放暑假，而故事中的鬼都喜歡用「飄」的，我猜作者應該是因為這樣想，才把這個鬼居住的村子稱為「飄飄村」。文中出現許多不同種類的鬼，例如傳統信仰中的七爺和八爺，也被寫進了故事裡。故事把鬼當成人來寫，把鬼的生活想得和人一樣，例如：打工、旅行、拜訪親戚等等，因此我覺得很有創意。

● **鄭博元：**

作者很有創意，把鬼的生活形容得很有趣。原本人們都以為鬼很可怕，每到農曆七月都要準備供品祭拜孤魂野鬼，但是萬萬沒想到，鬼有暑假，還要打工，甚至有更多好玩的事情，等他們去做。鬼飄來飄去、伸出長舌頭，人類因此覺得恐怖，但這也是他們的特點。鬼以輕飄飄的特性，嘗試人類的休閒娛樂——路跑，不但可以減肥，也變成鬼兒回家的方法呢！

會唱歌的畫 ／黃文輝

◎ 插畫／許育榮

作者簡介

民國五十七年生於臺灣高雄。臺灣大學機械工程碩士，已出版《鴨子敲門》、《候鳥的鐘聲》等著作。曾獲二〇〇五年國語日報牧笛獎。目前定居花蓮，寫作教學。

童話觀

不因讀者是兒童而創作簡單、刻板的作品。認為故事比意義或教育性重要。好故事可以讓兒童享受閱讀，開闊視野，產生同理心。

老師一走進教室，就非常興奮的跟全班同學宣布：「各位小朋友，你們見過會笑、會哭、會揮手、會唱歌的畫嗎？即將開幕的新奇美術館，將展示這類從國外買回來、歷史悠久、已經『修練成精』的世界知名畫作。下星期，老師要帶你們去參加新奇美術館的開幕典禮，欣賞神奇的名畫。」

小莫最喜歡畫畫，也很愛看畫，他一聽老師這麼說，恨不得立刻衝去美術館。

小莫的同學也跟小莫一樣，很想去看看這些特別的畫。

大家心急的等了一個星期，終於到了美術館開幕的日子。

小莫和全校學生，在校長和老師的帶領下趕去美術館。他們發現美術館附近人山人海，周圍道路擠得水洩不通，根本無法靠近。

小莫無奈的說：「是不是全市的人都來了？」

上午九點，開幕時間一到，人群像潮水一樣向美術館的大門湧去。小莫和同學們的隊伍被衝散，大家只好各自想辦法擠進美術館。

一位外號叫短腿的同學，機靈的趴到地上，像老鼠鑽洞似的，鑽過每個人的胯下，順利的朝美術館前進。當他隱約看到美術館的大門時，以為自己就要成功了，突然一不小心，撞上一個胖子的大屁股，害他眼冒金星，差點昏掉。

另一位外號叫長腳的同學，俐落的跳到別人的肩膀上，彷彿練過輕功，一個跳過一個，不停的踩著大家的肩膀前進。長腳越來越接近美術館，臉上露出得意的微笑。突然，前方出現一位身高超過兩百公分的大個子，長腳沒辦法踩上他的肩膀，腳一滑就掉下去了。

小莫還有一位外號叫喇叭的同學，他的叫聲尖銳，像是高音喇叭。他模仿救護車發出「嗚嗚！嗚嗚！」的聲音，大家以為救護車來了，紛紛讓路，讓他順利進入美術館。

喇叭看到美術館的入口處，掛著一幅勝利女神的畫像。可是女神卻把長矛和盾牌拋在腳下，雙手摀住自己的臉，尖叫著說：「好可怕，好可怕——」

原來是人群蜂擁而上，爭著要看勝利女神。他們互相推擠、吵來吵去、罵來罵去，看起來比戰場上的敵人還可怕，因此把勝利女神給嚇成了戰敗女神。

在人群的喧鬧聲中，喇叭擠向另一幅名畫，畫的是農夫與狗。可是這時候，農夫卻跑進自己的家，並忙著關上門窗；而畫中的狗，正對著人群生氣的「汪汪」亂叫。

另一旁的畫裡，有一位身穿黑色禮服、頭戴高帽子的紳士在結冰的湖面上溜冰。圍觀的群眾拿出相機瘋狂的猛拍，閃光燈閃個不停，紳士覺得好刺眼，趕緊拿起帽子遮住眼睛，結果看不到前方，就直接撞上了欄杆，摔個四腳朝天。

小莫班上只有喇叭成功進入美術館。隔天，喇叭跟大家報告他的發現：「新奇美術館裡的畫真的很逼真，非常的特別，可是畫中人物的態度都很差，我好不容易看到他們，他們卻躲躲藏藏，好像很不願意看到我。我以後再也不要去新奇美術館了！」

雖然喇叭抱怨連連，小莫還是很想去美術館參觀。可是，美術館天天爆滿，小莫一直找不到機會。

一直等到大家對新奇美術館的好奇與熱度消退，小莫才請媽媽挑一個星期三的晚上帶他去參觀。每個星期三，美術館會特別開放到晚上十二點，服務白天太忙的人。

這天，參觀的人很少，小莫走進寬敞的美術館。勝利女神下巴抬得高高的，雙手舉著長矛和盾牌。她帶著勝利的微笑對小莫點頭說：「你好，歡迎光臨！」

小莫看著神采飛揚、栩栩如生的勝利女神，眼睛眨也不眨，久久才擠出一句：「妳好美！」

當他走向那幅農夫與狗的畫作時，隔老遠，農夫就親切的跟小莫招手，狗則興奮的直搖尾巴。一旁在畫裡溜冰的紳士，正做出美妙的花式表演，隨手把頭上的帽子扔得遠遠的。

「叮叮咚咚！」小莫聽到一陣吉他聲，走近一看，發現一幅畫裡的三位西班牙樂師，正在賣力彈唱。

小莫欣賞一陣子後，讚美說：「你們表演得真好。」

「謝謝你！因為現在很安靜，你才聽得到我們的音樂。」西班牙樂師說：「你很有禮貌，而且很專心看畫，你願意當我們的朋友，常常來看我們嗎？」

「你們的名氣那麼大，我真的可以當你們的朋友嗎？」

「觀眾只要不在我們面前跑來跑去，不呼朋引伴大聲嚷嚷，不用閃光燈照我們，不說我們的壞話，我們都很樂於跟大家做朋友。」

小莫聽了，覺得好驚訝，世界知名的畫作，竟然這麼平易近人。他一個又一個的結交新朋友，直到美術館要關門，才依依不捨的離開。臨走前，一個小丑還哭著要小莫跟他保證，一定要再來看他。

小莫好喜歡這些新朋友，當然答應了，也一定會說到做到！

——原載二〇一五年六月《未來兒童》第十五期

編委的話

林宜暄：

這篇童話滿有趣的，我很喜歡。一開始，因為美術館人很多，大家都沒好好守規矩排隊、安靜的欣賞畫，因此畫中人物不高興，故意不讓人欣賞；而人少、比較安靜時，那些畫覺得大家都很守規矩，因此就「展現」自己的「美」給人欣賞。我覺得故事是要告訴我們，到美術館欣賞畫作時，仔細、安靜的觀察，不但可以更加「了解」這張畫，搞不好還可以有所發現。

林宸伃：

主角班上的小朋友，利用自己的特長，想辦法進去看畫，但幾乎都失敗，只有一個成功，但即使看到了，裡頭的人物卻躲躲藏藏的。這些情節很特別也很有趣。

鄭博元：

好奇特，美術館裡竟然有會唱歌的畫，畫裡的人物不但會跳舞，還會說話，彷彿真正的人。只是進美術館看畫的人都不排隊、不守秩序，即使擠進去看到畫，但畫裡的人物也因為秩序大亂而變了樣。我覺得到美術館實在應該守秩序才對。

棉花糖大象與馬鈴鼠 ／劉思源

◎ 插畫／劉彤渲

作者簡介

職業是編輯，興趣是閱讀，最鍾愛寫故事，一個終日與文字為伴的人。

淡江大學畢業，曾任職漢聲、遠流、格林出版社，現以童書創作為重心，出版的作品有童話集《妖怪森林》、繪本《短耳兔》、橋梁書《狐說八道》系列等，授權美、法、中、日、韓等國出版。

童話觀

童話，是一個建構在「真實與幻想」之間的世界。雖然主角們經常披著動物、怪物、仙子、王子公主的外衣，上演各種不可思議的故事，但每一個想像的原點，每一處情節的轉角，都藏著一些小小的、亮亮的碎鏡片。

是的，就是那面魔鏡，它可從來都不說謊。

馬鈴鼠，鼠如其名，個子大小像顆馬鈴薯，圓嘟嘟的身體像顆馬鈴薯，淺褐色的毛色也像顆馬鈴薯……皮！

馬鈴鼠住在小草原市的洞洞公寓裡。他是家裡的老大，頭腦聰明、動作靈活，肌肉健壯，跑得比任何老鼠都快，是許多小小鼠輩們的偶像。

馬鈴鼠的家人都很自豪，馬鈴鼠將來一定是「鼠一鼠二」的大領袖。

個子小＝危險大

到了上學的年紀，馬鈴鼠一踏進校門立刻發現情況不妙。

雖然小草原小學只招收中、小型的小動物，但是一隻小的大山豬還是比一隻大的小老鼠大很多很多！馬鈴鼠毫無選擇，只能加入小雞、小鴨們組成的「小不點幫」。

馬鈴鼠本來不在乎自己個子小，因為他跑得飛快，誰也追不上。但有一天，不幸的事發生了：那隻老是忘了戴眼鏡又粗心的小山豬，把蜷成一團曬太陽的馬鈴鼠，當成真的馬鈴薯一口吞進嘴裡。

「瞎了眼的小山豬！」馬鈴鼠掰開小山豬的嘴巴鑽出來，全身沾滿口水。

雖然小山豬一直道歉，但馬鈴鼠再也不相信別人，也不相信自己，變得神經兮兮。

「個子小＝危險大」馬鈴鼠深怕一個不小心，變成別人口中的鼠條、鼠餅、鼠球、鼠泥……。

※

害怕這玩意，愈在乎它，就愈膨脹，完全符合「熱漲冷縮」的原理。

馬鈴鼠腦中不時冒出許多恐怖的畫面。

「萬一哪個笨蛋走路時踩到我怎麼辦？」

「萬一哪個粗魯的傢伙把我壓扁怎麼辦？」

萬一、萬一、萬一……

馬鈴鼠愈想愈害怕，愈害怕愈不敢出門。

他把活動範圍畫成一個小圈圈，除了上學盡量哪兒都不去。偏偏，他最害怕的事還是發生了。

上體育課時小山豬又闖禍了，居然把馬鈴鼠當成球，一腳踢出去……

馬鈴鼠又氣又傷心，「哇」一聲哭出來，這個世界對一隻小老鼠來說真是太危險了。

獅子頭、花鹿裝

看見馬鈴薯的模樣，馬鈴鼠的家人都很擔心也很心疼。

秋天來了，樹上許多葉子轉黃，紛紛掉落。

馬鈴鼠的爸爸突發奇想，撿了許多落葉，串成一圈假鬃毛，綁在馬鈴鼠頭上。

「獅子頭，又大又威風，大家一定看得到。」爸爸幫馬鈴鼠打氣。

「真的嗎？」馬鈴鼠半信半疑，頂著「獅子頭」到學校。

哇！這頂葉子假髮非常茂密，在陽光下閃著金黃色的光芒。

小動物們都很羨慕，目不轉睛，盯著馬鈴鼠瞧。

「這下子沒有人可以忽視我。」馬鈴鼠覺得自己好像頂著一頂金王冠，又好像披著一件金披風，走起路來都有風。

他得意的甩甩頭，昂首闊步往前走。

呼呼呼，一陣大風吹過來。

葉子嘩啦嘩啦飛走了……。

「哈哈哈，小頭戴不了大帽子！」小動物們忍不住大笑。

馬鈴鼠好尷尬，摀著頭匆匆跑回家，埋怨爸爸根本不會綁頭髮。

「沒關係、沒關係，媽媽有個好辦法。」馬鈴鼠的媽媽安慰他。

她連夜做了一件鹿裝，並縫上許多白色圓點亮片當成花紋，另外還撿了兩根枯枝縫在連著衣服的帽子上充當鹿角。

「怎麼樣？」媽媽幫馬鈴鼠穿上花鹿裝，鼓勵他：「亮晶晶的梅花鹿，吸睛指數第一，保證大家都會注視你。」

馬鈴鼠照了照鏡子，開心出門去。

沒想到他才上路，一身花花亮亮的裝扮，立刻引起眼尖的小老鷹注目。

小老鷹爪子利，嘴尖尖，眼看就要撲過來了……

「危險！危險！空襲警報。」馬鈴鼠嚇得尖叫。還好他想起前面有棵大樹，樹根附近有個小凹洞，剛好夠一隻小老鼠藏身。

馬鈴鼠拚命往大樹跑。

碰！碰！碰！

噢噢，大大的鹿角卡在樹洞外頭，馬鈴鼠怎麼也鑽不進去。

還好馬鈴鼠機警，立刻拔掉鹿角，鑽進洞裡。

小老鷹恨恨的飛走，看得到，吃不到，沒味道。

馬鈴鼠逃過一劫，慌慌張張跑回家，衣服上的亮片掉的掉，髒的髒，看起來慘兮兮。

媽媽抱著馬鈴鼠說：「對不起，對不起，都怪我出的餿主意，忘了天空中還有不懷好意的眼睛。」

「還好啦，我跑得快，小老鷹追不到。」馬鈴鼠脫下鹿裝丟在角落，跳進浴缸，把頭埋在水裡。

接下來幾天，馬鈴鼠不肯出門，也不肯上學。

馬鈴鼠的爺爺心疼不已，決定親自出馬：「馬鈴鼠，不要灰心，爺爺送你一個法寶。」

爺爺從舊箱子裡拿出一個大鈴鐺，掛在馬鈴鼠的脖子上。

叮叮噹，叮叮噹，鈴鐺聲又大又亮。

「看不到，聽得到。」爺爺得意的說：「大家一聽到鈴聲，就知道馬鈴鼠來嘍！」

爺爺說這個辦法跟打雷閃電的原理一樣，聲光效果加在一起，更能展現驚人的力量。

馬鈴鼠聽了好佩服，跳起來給爺爺一個抱抱，興沖沖的跑去學校。

叮叮噹——叮叮噹——馬鈴鼠邊走邊跳，響亮的鈴聲果然吸引了小動物的注意，大家好喜歡鈴鐺，圍著馬鈴鼠吵著要一個。

「家有一老如有一寶，還是爺爺厲害。」馬鈴鼠好得意，他現在可是一個響叮噹的角色。

叮叮噹——叮叮噹——馬鈴鼠故意跳得更用力，讓鈴鐺更響亮。

喔喔，不好了。

鈴鐺聲吵醒了在學校外頭睡午覺的野貓幫。他們從圍牆外翻過來，露出邪惡的笑容，一步步逼近。

野貓幫平時就是不受管束的惡霸，大家能避就避，能閃就閃。

「快逃！快逃！」小動物們一哄而散，還怪罪馬鈴鼠，為什麼不做個安安靜靜的小老鼠就好？

馬鈴鼠好內疚，摘下鈴鐺一溜煙跑回家。

所有辦法都沒用，馬鈴鼠眼淚啪啪啪掉下來。

奶奶的棉花糖機

馬鈴鼠哭啊哭，心中酸酸的，好像擠了幾顆檸檬在胸膛裡。

叩叩叩——

「誰啊？」馬鈴鼠的媽媽去開門。

「哈囉，大家好。」是馬鈴鼠的奶奶，推著一輛花花綠綠的小車子走進來。奶奶是個魔術師，最受小老鼠們歡迎。

奶奶問馬鈴鼠：「馬鈴鼠，你看到這輛小車了嗎？」

孩子就是孩子，馬鈴鼠收起眼淚，眼睛盯著小車咕嚕咕嚕轉。

「奶奶，這輛車一定是你的新道具，對不對？」

「好聰明的小老鼠。」奶奶摸摸馬鈴鼠的頭：「來，猜猜看它有什麼功用？」

馬鈴鼠仔細打量，這輛小車很特別，底下裝著一個會轉動的小爐子，中間吊著小鐵罐。

馬鈴鼠曾經在公園看過這種機器，大聲說：「這是棉花糖機！」

「恭喜這位小老鼠答對了……一半。」奶奶說。

「一半？」馬鈴鼠的好奇心蹦蹦跳。

奶奶神祕的眨眨眼說：「這是一臺棉花糖寵物機。」

「棉花糖寵物機？要什麼寵物都可以嗎？」馬鈴鼠躍躍欲試。

「當然。」奶奶不囉嗦，立刻叫馬鈴鼠想一個寵物，愈大愈好。

「我想要……我想要……」馬鈴鼠的腦袋出現各種動物，最後冒出一頭巨大無比的身影：「大象！我要大象！」

「大象啊？呵呵，小老鼠大口氣。」奶奶一邊說一邊拿出一罐粉紅色砂糖，「順便給牠一點特別的顏色吧。」

奶奶把粉紅色砂糖通通倒進小鐵罐中，然後踩動開關，小爐子冒出小小火焰，並呼呼的轉動起來。

呼呼呼……呼呼呼……砂糖融化了，

呼呼呼……呼呼呼……一絲一絲的粉紅色糖絲甩出來，

呼呼呼……糖絲黏在棍子上，慢慢捲成一個大糖球，

呼呼呼……糖球越滾越大，冒出兩個扇子般的大耳朵和一條長鼻子……

呼呼呼……一頭粉紅色的大象誕生了。

奶奶說，為了配合馬鈴鼠的大小和能力，這算是特別訂製的迷你版小小象。

粉紅色的大象

哇！哇！哇！

棉花糖大象雖然是頭剛出生的小小象，對老鼠來說，還是一頭大大象。

巨大的身體大約有馬鈴鼠好幾倍大，整個洞洞公寓幾乎都被牠塞滿了，鼻子還得從窗外伸出去外。看起來，好嚇人，但拿起來，卻好輕好輕。

「當然囉，牠是糖做的啊。」奶奶拿出一根魔術棒：「真正的魔術要開始了。」

「呼嚕呼嚕呼巴巴，變！變！變！」

最後一個字才說完，棉花糖大象便舉起腳往前走，還捲起鼻子喔喔叫。

「牠動了？叫了？活了嗎？」馬鈴鼠好驚訝。

「恭喜這位小老鼠又答對了……一半。」奶奶說。

「這頭棉花糖大象是一個寵物玩具，功能齊備，會跑會叫，會吃會拉會睡，但不會長大。」

「因為牠是糖做的，」奶奶說著，用一條皮帶把棉花糖大象拴起來，慎重交給馬鈴鼠：

「注意，千萬不能沾到水，一沾水就會變成糖。」

馬鈴鼠小心牽著大象，有這麼一個大靠山在身邊，他還怕什麼？他幫大象取了一個響亮的名字——喜瑪拉雅。

※

馬鈴鼠好開心擁有一頭大象，一小一大形影不離。

喜瑪拉雅聰明又聽話，接球、撿棍子……任何把戲一學就會。唯一要注意的是：不能碰水！所以，游泳、洗澡、淋雨、玩水……都免了。

但好玩的事還很多，馬鈴鼠最得意的，就是和喜瑪拉雅一起出門散步。

遠遠的，路上的大車子、小車子看見喜瑪拉雅立刻轉彎，動物們看見喜瑪拉雅紛

紛閃避。

因為害怕，沒人敢靠近，也沒人看見真相。

馬鈴鼠發現，原來不管大動物小動物，只要一害怕、一慌張，就全傻了。

馬鈴鼠的下巴不自覺翹起來。

聽說……聽說……

害怕會傳染，流言滿天飛。

本來馬鈴鼠以為有了大象當靠山，大家會特別重視他，沒想到卻剛剛相反，大家對馬鈴鼠反而敬而遠之。

小羊說，聽說大象可以用鼻子拔起一棵樹。

小猴說，聽說大象走過去可以壓垮過一座橋。

小雞和小鴨發誓：大象一屁股能壓扁十隻豬。

流言真真假假。

不過耳朵靈敏的小兔子起了疑心：「好奇怪，一頭大象走過去怎麼都沒聲音？」

馬鈴鼠心頭一驚，哎呀呀，真是太輕忽了。棉花糖大象什麼都好，就是體重輕，走路沒聲沒響。

「怎麼辦？」馬鈴鼠正在傷腦筋，隔壁村傳來歡呼聲。原來，犀牛盃足球大賽開始了，小犀牛們跑來跑去，轟轟隆隆，連地面都跟著震動。

有了！

馬鈴鼠立刻訂購兩雙重型犀牛皮靴子，套在喜瑪拉雅四腳上。這樣一來，喜瑪拉雅走路時就會像犀牛一樣轟隆作響。另外，他還細心的在四個鞋底沾些泥巴，讓喜瑪拉雅走過時留下深深的大象腳印。

成功，一向屬於聰明人。

慘事發生了！

驕傲的種子慢慢發芽，小老鼠的心大大膨脹。

馬鈴鼠走到哪兒都帶著喜瑪拉雅，到處橫行霸道。

有一天，馬鈴鼠突發奇想，想要測試大象的威力究竟有多大？

俗話說的好，在哪兒跌倒，就要在哪兒爬起來，他決定去野貓幫闖一闖，把上次鈴噹事件落荒而逃的面子找回來。

「這樣好嗎？」爸爸、媽媽擔心的問：「畢竟喜瑪拉雅只是一頭寵物象。」

奶奶倒是沒反對，只交代馬鈴鼠要小心。

傍晚到了，野貓幫開始活動。

馬鈴鼠牽著喜瑪拉雅，大搖大擺闖進野貓幫的地盤。

喜瑪拉雅大大的身體好像一座小山，長長的鼻子好像一根大棍子……

「喂，走開，不要擋路。」野貓幫老大吼得大聲，卻不敢靠近。

他雖然對小老鼠恨得牙癢癢，卻不想得罪一頭大象。

「對不起、對不起，我立刻帶牠走。」馬鈴鼠一邊假意的道歉，一邊牽著喜瑪拉雅離開。

四隻大腳丫轟隆轟隆一會兒往左，轟隆轟隆一會兒往右。

喔喔喔！太危險了。

野貓們尖叫、奔跑、撞成一團。

喜瑪拉雅畢竟是頭小小象，見野貓們跑來跑去，還以為大家在玩「躲貓貓」遊戲，也跟著衝過來衝過去。喜瑪拉雅跑著跑著，來不及停下來上廁所，於是忍不住……

大了一坨特大號的便便。

好噁心！這回野貓幫老大再也受不了，和手下迅速開溜。

「哈哈哈！喜瑪拉雅的大便是甜的啦。」馬鈴鼠捧著肚子一直笑，笑到腰都直不起來了。

俗話說：「樂極會生悲」，慘事果真就在馬鈴鼠的捧腹大笑中，瞬間發生。喜瑪拉雅跑太快，滑了一跤，尾巴掉進水溝，雖然只沾到一些水，但水漬迅速蔓延。馬鈴鼠急忙把喜瑪拉雅拉起來。但來不及了，喜馬拉雅的身體一點一點縮小，沒多久變回一坨糖渣，癱在地上。

馬鈴鼠放聲大哭，但淚水也是水，這下更慘，糖渣沾到淚水慢慢溶化……

事情發生後，好幾天過去了，只要一想到喜瑪拉雅，馬鈴鼠還是眼淚汪汪。爸媽知道，雖然喜瑪拉雅只是一個棉花糖，但陪了馬鈴鼠好久，有許多甜蜜時光。只是爸媽實在心疼馬鈴鼠，不忍心見他哭啊哭。

奶奶安慰他們，下了一個結論：「甜頭不如苦頭，孩子哭過才會長大。」

——原載二〇一五年四月《未來少年》第五十二期

編委的話

● **沈世敏：**

我覺得故事很有趣，因為它藉由動物，表達出我們在日常生活中曾有的經驗，並說出我們的感受，例如「哭過才會長大」。記得，小時候每次我跌倒受傷了，爸媽都會說「哭過才會長大」，我也有所體會。故事

讓我回想起過去，真的很好看。

● **林宜暄：**

奶奶為了讓別人看得到體型小小的馬鈴鼠，幫忙用棉花糖做了大象。有了這隻棉花糖大象，馬鈴鼠越來越驕傲，到處橫行霸道。最後，因為馬鈴鼠的疏忽，導致棉花糖大象的尾巴掉進水溝了，因此棉花糖大象就變回糖渣了。我覺得這篇文章一開始，對我並沒有太強的吸引力，但是看到後面，就覺得越來越精采。

● **林宸伃：**

我覺得故事中的馬鈴鼠很好笑，牠總會一直覺得「萬一……」「如果……」，以為自己會發生的很多事，但是或許不會有事，即使有事也沒那麼恐怖啊！

甜甜圈超級達人 ／亞　平

◎ 插畫／李月玲

作者簡介

國小教師，童話作家。曾得過九歌年度童話獎、國語日報牧笛獎首獎和貳獎、教育部文藝創作獎等。

出版作品有《月芽香》、《虎大米機智故事集》、《月光溫泉》、《我愛黑桃 7》、《阿當，這隻貪吃的貓！》等。

童話觀

將「創意」施展得淋漓盡致，並帶給小朋友「愛、溫暖，與希望」的寫作藝術！

一

聽說今年的「甜甜圈日」要辦「超級達人票選」活動，阿當高興得跳起來！

什麼是「甜甜圈日」？

「甜甜圈日」是森林裡小動物最愛的日子！

每年春天杜鵑花花開正盛的那一天，大伙拿著親手製作的甜甜圈，一起吃喝，一起分享的節日。

因為吃甜甜圈時，心情總是輕鬆自在，所以，「甜甜圈日」特別受到歡迎，不僅有吃、有喝，還有玩、有拿，幾乎是森林裡最快樂的一天啊！

今年，為了要讓「甜甜圈日」增加看頭，還特別增設了「超級達人」的票選活動。

不過，因為是第一次辦，大伙兒都不太明瞭。

兔子問：「到底要選什麼？」

「聽說是要選一個能把甜甜圈變有趣的達人！」狐狸說。

「甜甜圈也能有趣？」

「當然是——」狐狸突然閉嘴不說，「各出其招啦！」

虎斑貓阿當聽到這消息，也不管離「甜甜圈日」有好幾個禮拜，馬上就開始準備。開玩笑，全森林裡最愛吃甜甜圈的就是他，他不當選，還有誰有資格榮膺「甜甜圈超級達人」的頭銜呢！

不過，既然要把甜甜圈變有趣，那就得需要特殊配方。阿當關在家裡埋頭研究，一個試過一個，總是不滿意。「一定要做出一鳴驚人的成品，才能順利當選！」阿當不氣餒，家裡每天總是冒出陣陣香味。

自從這個辦法宣布後，小動物彼此見面了，突然小心翼翼：

松鼠問阿當：「你要做什麼樣的甜甜圈參加比賽？」

阿當支支吾吾的：「沒……沒有哇……，還想不出來啊！」

「你呢？」阿當反問。

「是想到一個啦！還不知道能不能成功——」松鼠也含含糊糊。

兔子更直接，他挑明了對阿當說：「告訴我，你用了什麼特殊配方？」

阿當只好打馬虎眼：「哎喲，薰衣草、紅栗莓、貓尾巴草都可以試試啦！」

「那些，我都試過了！」兔子不死心。

「那就……石頭、鳥巢、魚鱗，哎喲，不要問我啦！」阿當溜之大吉。

狐狸不問也不說，只是在各人家門前晃來晃去，尤其當屋頂上的煙囪冒出陣陣炊煙時，就可以看見狐狸靈敏的嗅來嗅去。

「狐狸啊，你在做什麼？」大伙兒問。

「沒事，沒事，只是散散步！」狐狸故作輕鬆，其實大伙兒都心知肚明，他在分析辨識炊煙裡的獨特配方！

每個人都想在票選活動中拔得頭籌，每個人都不想讓自己的成品提早曝光，森林裡，好像諜對諜——

「甜甜圈日」終於來了！

陽光晴和舒暢，天氣不冷不熱，杜鵑花鮮豔明亮，和風一陣又一陣，是個出遊聚會的好節日呢！

堆積如山的甜甜圈，在廣場桌上散發香氣，各式餅乾、果汁、果醬排得滿坑滿谷，全都是小動物們為今天的節日特別製作的。大家一面品嚐，一面說笑，順便評論誰家的甜甜圈最好吃，誰家的甜甜圈造型最奇特，笑聲款語中，氣氛融融。

吃飽喝足，第一階段結束。

接下來，要進入第二階段的「甜甜圈超級達人」票選活動！

選手們已經把比賽的甜甜圈放在瓷盤上，並蓋上白布——不到最後一刻，成品不能見光死！

主持人致詞完後，就由選手帶著自家作品上臺介紹。

第一個上場的是狐狸。

他拿起了自己的甜甜圈，神祕兮兮的介紹：「看吧，我這甜甜圈好吃又好玩，怎麼玩呢？

我來變個魔術——」只見狐狸將甜甜圈拿在手上，順著圓形捏捏揉揉，奇怪的事發生了，甜甜圈變大了！越捏越大，越捏越大，當甜甜圈變得像呼拉圈一樣大時，狐狸將甜甜圈套在身上，並扭轉起來：

「是的！我的甜甜圈也可以變成呼拉圈，一邊轉一邊玩，玩累了，再把它吃掉！怎麼樣，這個作品不賴吧，可是我絞盡腦汁才想出來的——」

狐狸總共轉了三十二圈才停下來——馬上響起熱烈的掌聲，甜甜圈變呼拉圈，有得吃又有得玩，嗯，這主意，讚！

第二個上場的是阿當。

掀開白布後，大家看到的是兩個平凡無奇的甜甜圈。

阿當說：「我這甜甜圈的效果必須等一下才看得到，就讓我先把它吃完吧！」阿當兩三口就把甜甜圈吞下，一片靜默中，大家都屏氣凝神——，忽然有人大叫：

「看啊！阿當的肚子變大了！」

「真的耶！好像，像，兩個——」

「游泳圈！」大家叫起來，然後哄堂大笑。

「甜甜圈變游泳圈？這個，送給我我也不要！」

「是啊！大家都怕胖，誰願意吃了甜甜圈變成胖小子！」

奚落的言詞一陣又一陣，阿當急了，他說：

「別急著下定論嘛！等會兒一定讓你們知道我甜甜圈的妙處！大家再等等。」

跳過阿當，接下來的是兔子。

兔子的甜甜圈一打開，就讓大家驚豔。

一個厚厚實實的甜甜圈，不僅中間掏空，麵皮的部分也鏤空了，徒留甜甜圈的外形，裡面藏著什麼呢？

「這是阿當給我的靈感，他要我用石頭試試看，我就照做了。不過，我覺得一般的石頭沒有特色，我放在麵皮裡的是發光石。發光石有什麼用呢？來，大伙兒靠近一些，我把布蓋上，注意，當光線變暗時，發光石就發光了——」

大家突然發出了一聲讚嘆！

「對！我的甜甜圈變成了一個……超級燈籠啊！」兔子既驕傲又得意。

松鼠的甜甜圈很小。

比阿當的手掌還小。

松鼠拿著它，轉了轉圈，說：「來吧，猜猜看，我給大家提示提示。」

「這是個生活上不可缺少的東西……」

「當你拿了很多東西時就需要它……」

「可以綁……可以彈……也可以把東西接在一起……」說完，松鼠用他的甜甜圈紮了一把的野花。

答案揭曉了：「是橡皮圈啊！」

豪豬的甜甜圈巨大又堅固。兩個甜甜圈像兩塊大餅，只留中間一個小圓洞。豪豬一句話也不吭，只是拿著竹子竹架開始組裝，瞧他快手快腳，似乎很有經驗，大家隨著他的手勢翻轉，慢慢的，終於看出形狀——是一組可以坐人的二輪車啊！

豪豬謙虛的點點頭：「我只是把甜甜圈烤得硬一點，厚一點，當輪子用，沒想到拼裝出來的車子還可以上路哦！」

每個人的成品都展示過了，十分有創意，果然是「甜甜圈超級達人」的候選人。

現在，換大家傷腦筋了，到底要把票投給誰？

「等一下，等一下，還有我呢！」阿當忽然站到場中央。

大家一看到阿當，笑得更大聲了。

他的肚子清清楚楚的浮著兩個游泳圈，像兩個巨無霸吸引著大家的目光，不笑，都難。

「阿當，下來吧，我們不會選你的。甜甜圈變成游泳圈，這個特別的禮物我們不想要。」

「是啊！大肚腩，難看死了！」

大家議論紛紛。

阿當一點也不生氣。

他對著大伙說：「對！我的甜甜圈吃下去會變成游泳圈，不過，這不是只能看的游泳圈，而是貨真價實的游泳圈！來吧，跟我走，讓你們開開眼界。」

阿當帶著大家走到池塘邊，站在池邊的大石頭上。

「大家都知道我怕水，不敢游泳，今天我偏要游給你們看！」阿當抬抬腳，轉轉手，一副勢在必行。

「阿當，不要逞強，吃了水可是很痛苦……」

「犯不著為了一個票選活動賣了自己的命……」

「又變胖又落水，阿當真是槓上了……」

大家勸退的話還沒說完，阿當就「砰！」的一聲跳下水了。

原本以為會看到一隻在水裡掙扎的貓——

沒想到，這隻貓倒是浮上水面了！他輕盈的探出頭，擺擺手，開始姿態優雅的游起泳來。一上一下，規律而熟練，仰式、自由式，一點都不吃力。

大家張大了嘴巴，彷彿看見了一件不可思議的事。

游了一圈，阿當爬上岸：「怎麼樣，我的話沒有騙人吧！沒錯，我的甜甜圈吃下去會變成貨真價實的游泳圈，不會游泳的人，只要吃了它，包準像我阿當一樣，馬上游得呱呱叫！而且注意看哦，游泳圈不會永遠黏在肚子上，游一圈，它就消一圈；游兩圈，就消兩圈，不但可以運動強身，還可以順便消除腹部的贅肉，哈哈，一舉兩得啊！」

說完，阿當又跳下去再游了一圈，當他上岸時，身材精壯，又恢復成一隻身體纖長的虎斑貓！大家除了掌聲鼓勵，也終於知道手中的票要投給哪位候選人了！

選舉結果揭曉，阿當果然得到最高票，當選了「甜甜圈超級達人」！

當他披掛上紅布條的那一剎那，感動得哭了，感謝詞是這樣亂七八糟的說著：

「謝謝天謝謝地，謝謝樹上的風草上的露，謝謝地上的洞牆上的蟲；謝謝貓爸爸貓媽媽生我養我，謝謝狐狸兔子松鼠豪豬陪我躲我，謝謝牙齒嘴巴吃著甜甜圈，謝謝糖粉麵皮巧克力，謝謝草莓藍莓榛果紅栗莓，謝謝螞蟻月亮星星石頭蘆葦……總之，就是最愛，甜甜圈！」

——原載二〇一四年六月三十日～七月二日《國語日報．故事版》

本文收錄於《阿當，這隻貪吃的貓！2》亞平著，巴巴文化出版

編委的話

● **沈世敏：**

這篇故事由於標題，使讀者開始想像內容，就像我，會想是不是有一位很厲害的甜甜圈師傅和別人比賽，結果原來是以「甜甜圈日」發想的有趣故事，真有想像力。

●**林宸伃：**

我覺得比賽中，阿當最厲害，雖然一開始大家都不看好他，他卻令大家大開眼界。我也學到，我們不能只看到一部分，就馬上論斷別人。

●**鄭博元：**

哇！沒想到一個甜甜圈竟可以變出這麼多花樣，不但可以吃，還可以玩，甚至還能幫忙你浮在水上，變成一個游泳圈，游完泳，游泳圈更會變不見，真有想像力。還有，雖然大家一直笑阿當，但是他最後還是成功了，作者告訴我們堅持是最重要的。

卷二

童話，暖暖的

月光花 ／蔡秉諺

◎ 插畫／劉彤渲

作者簡介

生於臺中市海線地區的梧棲小鎮，畢業於臺南師範學院語文教育學系，目前擔任國小高年級教師。從小就喜歡閱讀故事與欣賞電影，直到兒女出生這幾年，才鼓起勇氣，開始嘗試兒童文學的創作。

童話觀

童話是一面鏡子，它可以反映出每個人內心深處那份純真。在這天馬行空的世界裡，無所不能，無奇不有，最重要的是，它能擄獲人心，勾起不同的經驗與想法，甚至給予兒童正面的能量與感動。

1. 神祕訪客

寂靜的秋夜裡，窗外送來了一陣陣的涼意。睡眼惺忪的喬安發現窗簾不斷的隨風飄盪著。她起身要去關窗時，驚覺床緣有個白色物體在跳動著。她揉揉眼睛，仔細一看，竟是一隻胖嘟嘟的兔子，體型比起一般的兔子，還要大上好幾倍！牠長長的耳朵白裡透紅，全身毛茸茸的，還散發著一股微微白光。牠那雙鮮紅色的大眼睛，在黑夜之中，有如兩顆閃閃發亮的紅寶石。最特別的是，牠脖子上掛著一個似曾相識的東西，喬安隨即摸了摸脖子，發現自己的平安符不見了！

牠和喬安四目相望，卻毫無畏懼，反而自顧自的跳到病房小桌旁，前肢互拍了幾下，不久，桌上的鐵盒開始搖晃，裡面裝著滿滿的祈福紙鶴，彷彿被施了魔法，振翅飛了出來，一個接一個，井然有序的圍成一個大大的圓圈。接著，白兔對著它們跳了三下，紙鶴們便開始以逆時針方向高速旋轉，圓內的空間被渲染成一個令人眼花撩亂的七彩漩渦，不斷轉動著！喬安看得目瞪口呆，一臉難以置信的表情。當時，車禍意外而昏迷的媽媽仍躺在病床上，疲累多日的爸爸也熟睡著，沒有任何的反應。

白兔轉頭盯著喬安，嘴角還微微上揚。頃刻間，牠竟跳入了七彩漩渦之中。喬安一個箭步衝向前，來不及攔住白兔，反而被一股強大的吸力拖進圓圈裡。圓內是條螺旋狀的蜿蜒管道，喬安彷彿滑坐在一座色彩繽紛的滑梯之中，由外而內，不斷的繞圈。約莫幾分鐘後，管道中七彩的顏色褪盡成為刺眼的白光，喬安不得不用手遮住雙眼。就在抵達終點的那一刻，身體騰空迅速下墜，「砰」的一聲，身體最後跌落在一堆草叢之中。

頭暈目眩的喬安躺在地上休息了一會兒，才起身環顧四周，發現自己身處在荒郊野外中，那些紙鶴都消失了，白兔也不知去向，最重要的是，媽媽送給她的平安符被偷走了！

那個平安符樣式很平凡，紅色的塑膠套上寫著幾個燙金字體，上面還綁著一條細長的紅線，那是喬安小時候，媽媽親手送給她的珍貴禮物。

「喬安，這個平安符千萬不能弄丟喔！」

「媽咪，為什麼？」

「妳出生後常生病，半夜總是哭鬧不休，所以爸爸和媽媽誠心到廟裡，為妳祈求健康與平安，這裡面裝滿了我們對妳的愛呢！」想起媽媽曾對她說過的這段話，她的眼淚就不知不覺滾落了下來。

2. 吳剛伐桂

正當喬安感到難過時，隱約聽到斷斷續續的伐木聲。她擦乾了眼淚，收起悲傷的心情，毫無頭緒的她只好循著聲音的方向前進。沒多久，就看見有人正賣力砍著一棵大樹！她慢慢靠近，但草叢發出的窸窣聲響被對方聽見了，他放下了手中的斧頭，轉頭看見了喬安。

「叔叔！那個──請問這裡是什麼地方？」喬安有點膽怯的問道。
「很抱歉，我不知道，我是從外地來的！」對方回答。
「不知道？那您為什麼獨自在這砍樹呢？」
「喔，是這樣的！幾個月前，我遇到一位法力高強的神仙，我拜託祂傳授我仙術，祂為了考驗我的決心與毅力，便騰雲駕霧帶我來到這兒，祂說只要我砍斷這棵奇特的桂樹，就答應收我為徒！」
「您為了學仙術，獨自待了這麼久的時間，您的家人不會擔心嗎？」
「我現在沒時間管家人，對我來說，學會仙術才是最重要的！因為有了仙術，我就能擁有世上所有的榮華富貴！」
「可是──」喬安覺得有點不妥。
「妳放心，我一定會成功的！反倒是妳一個女娃，怎麼單獨跑到這荒郊野外來呢？」
「有隻兔子偷了我的東西，我想攔住牠……」
「兔子會偷東西？這真是令人匪夷所思呀！不過，叔叔勸妳別追了，還是趕緊回家去，以免在這發生危險！往前走似乎有個村落，妳到那兒再問路吧！」
「快走吧！」他轉身背對著喬安，又自顧自的砍起樹來。
「叔叔，再見！」眼看對方忙著砍樹，喬安只好無奈的默默離開。
走著走著，瞧見前方一棵大樹下躺著的，不就是那隻偷了她東西的兔子嗎？

「真是踏破鐵鞋無覓處，得來全不費工夫！你這隻調皮的兔子，快把東西還給我！」喬安氣喘吁吁的跑到牠面前，十分生氣的說著。

白兔高聲回應：「那可不行！這東西，現在還不能給妳！」

「那個，我剛認識一位強壯的叔叔，他離這不遠，如果你不把東西還給我，我就大喊救命！」驚訝兔子會說話的喬安，故作鎮定的回應。

「妳說的那個人名叫吳剛，他正忙著砍樹，不會理妳的！」

「什麼？你認識那位叔叔？」

「不！我們素不相識，不過我倒認識那位帶他來的仙人。祂要吳剛砍的，不是普通的樹，而是一棵依靠慾望生長的桂樹！滿懷私慾的凡人不管怎麼砍，桂樹都會不斷再生！」

「你說的是真的嗎？那我待會要去跟叔叔說，請他別再砍了！」

「絕對不行！那是屬於他的考驗，要靠他自己破解！如果妳去幫他，反而會害了他！」白兔語氣堅定的說道。

「可是──」

「妳這丫頭很有趣，都自顧不暇了，還有心情關心別人，難怪娘娘要我帶妳來這兒！」

「娘娘？她是誰？」

「她的身分我得先保密！不過這一切都是遵照娘娘的指示，她要我帶妳去找月光花！」

「月光花？」喬安滿臉疑惑的說。

「它可不是普通的野花，而是吸收了日月星辰的天地精華，能實現願望的仙界之花！」

3. 月光森林

原本擔憂媽媽病情的喬安，聽過兔子的解說後，精神為之一振！雖然心中仍有許多疑惑，仍緊跟著兔子的腳步，來到了一座茂密的森林前。只見兔子恭敬的將平安符放在地上，口中念念有詞，好像是在進行某項神祕的儀式。不久，平安符竟緩緩飄浮起來，瞬間被吸入森林裡，好像有隻隱形的手把它拿走似的。

「待會不管聽到或看到什麼，都不能發出任何聲音！還有摘下月光花之後，千萬要小心，知道嗎？」兔子轉過身，態度嚴肅的叮嚀著她。

「你說什麼？我聽太不懂你的意思？」

「沒時間了！總之，記住我的話就對了！妳先往前走，我會跟在後頭保護妳。」當喬安一踏進森林，小徑兩旁突然亮起無數的螢火，綿延了數公里遠，像是提著燈籠在列隊歡迎他們一樣。這座森林有一股熟悉的氣味，雖然沒有花的芬芳，但只要深呼吸一口，卻有種讓人舒坦放鬆的感覺。除此之外，整座森林沒有半點蟲鳴鳥叫聲，反而不時傳來「噗通！噗通！……」的微弱心跳聲。接著，傳來的是一段沉重的腳步聲，還夾雜著幾口喘氣聲，好像有人正揹著很重的東西在走路一樣。過了一會兒，竟又轉變成一陣悽厲痛苦的喊叫聲，喬安聽得心驚膽跳，不自覺的快步向前。突然，聲音停了幾秒後，響起了一陣宏亮的嬰兒哭聲，「哇！哇！……」的哭個不停。這時，遠方傳來一個十分熟悉的聲音，正溫柔的唱著一首耳熟的搖籃曲。

「是媽媽！這是媽媽的聲音！」喬安自言自語說道。

她興奮向前狂奔，終於走進了森林的最深處，沒看到媽媽的身影，反而見到一座廣闊的湖泊。她仔細聆聽才發現，剛才森林裡聽到的聲音，都是從湖中傳來的。

沒多久，一陣暖風迎面吹來，天上浮雲慢慢飄散了，露出一顆又大又圓的月亮，那皎潔的月光灑落在整個湖面上，波光粼粼的景色，美得像是人間仙境一般。那一刻，不可思議的事情發生了，月亮像臺神奇的投影機似的，在湖面上投射出一段立體的影像。

影像中，媽媽正抱著滿週歲的喬安，開心的坐在慶生蛋糕前，唱著生日快樂歌，當時全家洋溢著一片幸福與歡樂！看著看著，喬安再也止不住澎湃的思念之情，對著湖面大喊了一聲——媽媽！

這時，湖畔有株含苞待放的小花，似乎被喬安的喊聲給喚醒了！白色的花瓣一一展開，花蕊彷彿一顆顆小巧圓潤的珍珠，散發著淡淡的光芒與清香！

「那就是月光花！趕快把它摘下來！」兔子說道。

喬安跑到月光花旁，迅速將它摘下！這時，突然天搖地動，湖裡躍起一隻暗金色的龐然大物，約一層樓高的龐大身軀，頭部兩側鼓鼓的，皮膚非常粗糙，身上長滿一粒粒令人作嘔的疙瘩，仔細一瞧，竟是一隻醜陋無比的巨大蟾蜍。

兔子大喊：「完蛋了！吵醒牠了，我們趕快離開這座森林！」

喬安突然想起兔子行前的叮嚀，知道自己闖了大禍！她緊握著月光花，轉頭就跑！突然聽見「啊！——」的一聲，喬安回頭一看，發現兔子已被蟾蜍的前肢壓制在地上了。

「是誰那麼大膽，竟敢偷摘聖物『月光花』！」

「對不起！我們不是故意的。因為我媽媽有生命的危險，所以，我想用它來醫治媽媽的身體！」

「那好吧！看在妳一片孝心，只要妳把月光花留下，我立刻放了這隻兔子，要不然，我就把牠吃了！」

「啊……你別管我，這隻蟾蜍精的話不能相信，只要離開這座森林，妳媽媽就有救了，快走！」兔子掙扎著說道。

「…………」喬安猶豫了一會兒，終於，哽咽說出她最後的決定。

「我不能這麼做！我很愛媽媽，但她教過我，不能為了自己的利益去傷害別人，如果媽媽知道我為了她去傷害別人，她一定會很難過的！所以我決定把月光花還給你，不過，請你信守諾言，把兔子放了！」

「哈哈哈……太好了！我等了好久，終於找到新主人了！」蟾蜍精話一說完，湖面瞬間升起了一陣濃霧，不久，霧氣便瀰漫了整座森林。

4. 廣寒宮的祕密

瞬間的一陣狂風，吹散了濃霧。剛剛的森林與湖泊全都消失了。喬安抬頭仰望，才發現矗立在眼前的，變成了一座夢幻典雅的白色宮殿。喬安好奇往上走，身旁精雕細琢的欄杆與白玉砌成的階梯，令人嘆為觀止！殿前兩根巨大的石柱上，飛龍與鳳凰盤旋而上，栩栩如生的神態，彷彿隨時會一飛衝天似的。大門上方還掛著一塊方形的木雕匾額，上面寫著三個細緻工整的大字——廣寒宮。

這時宮殿裡，不斷傳出撞擊的聲響，喬安小心翼翼推開了大門，中庭廣場前，看到的竟是剛剛差點沒命的兔子，正拿著大杵在石臼上不斷的敲擊著。

「這是怎麼一回事？」喬安跑到牠面前，驚訝問道。

「等會兒妳就明白了！娘娘正在裡面等著妳，快跟我來吧！」

兔子放下手中的大杵，迫不及待的拉著喬安的手，興奮的往殿內走。

就在一個精緻的雕花屏風後方，喬安看見一位氣質脫俗、皮膚白晰的美麗女子，她穿著的衣裳純白無瑕，像雲彩一樣飄逸，迎面走來的她娉婷嫋娜的模樣，有如仙女下凡一般。

「喬安！妳終於來了！」美麗女子說道。

喬安一臉疑惑著說：「您是？」

「忘了自我介紹，我叫作嫦娥，是這廣寒宮的主人，也是你們人間所稱的『月神』！」

「所以——是您吩咐兔子帶我來到這兒？」

「嗯，沒錯！這幾天夜裡，我不斷聽見妳為媽媽的祈禱，被妳的孝心所感動，所以才叫兔兒帶妳來到這兒！想看妳是否有資格成為月光花的主人？」

「月光花的主人？」

「唉！這說來話長。幾千年前，我拿走西王母娘娘送給夫君的兩顆長生不老藥，偷偷吃了其中一顆，沒想到竟獨自飛往這座月宮裡。後來，我好不容易找到重回人間的方法，想與夫君團圓，但萬萬沒想到，他已不在人間了！當時悲痛欲絕的我，整天以淚洗面。西王母娘娘後來輾轉得知，便到月宮來探望我，她信手摘下夜空最閃亮的一顆流星，捏成星塵灑在這月宮前，要我把剩下那顆長生不老藥埋在裡面，希望我徹底忘記那段傷心的往事。」

「那後來呢！」喬安好奇接著問道。

「當時她看著我一邊埋土，一邊啜泣，同情之餘，便對著土堆施展了仙術。那瞬間，土裡長出了一朵小白花。西王母娘娘說這朵花在吸飽月光之後，能幫我尋找人間真愛，希望能彌補我失去至愛的遺憾！」嫦娥泛著淚光訴說著。

「所以，拿走我的平安符，帶我走進森林，都是為了看我是否能通過月光花的考驗？」喬安反問。

「沒錯！月光森林是座幻境迷宮，需要『真愛之物』來指引方向，沒有平安符，妳就無法順利找到月光花！至於兔兒，牠並沒有跟妳走進森林，因為考驗必須由妳獨自完成！妳剛剛所經歷的，都是月光花施展仙術的擬真幻境。」

「那為什麼最後，月光花又從我面前消失了呢？」喬安不解問道。

「它並未消失！妳剛剛展現出對家人的真愛，還有對他人無私的關懷，這是一種崇高的『大愛』。所以，月光花已經認定妳是它的主人了！妳稍待片刻，因為兔兒正在幫月光花進行最後的變身儀式！」

「什麼是變身儀式？」喬安摸不著頭緒接著問。

「人們總以為兔兒是在搗藥，其實牠搗的是月光花！兔兒會將白色汁液畫在夜空中，月光花就會變回流星，帶著最閃耀的真愛昭告天地眾神，幫助它的主人實現心願！只要主人的心願一完成，月光花就會藉著長生不老藥的神力，在月光森林中重生，等到下次月圓，再迎接新主人的到來！」

「您的意思是我的心願會實現，媽媽會甦醒過來？」

「嗯，不過這需要一些時間才行！今晚，很高興認識這麼善良的妳，不過時間不早了，也該送妳回去了！在離別前，請答應我，不要向任何人說起這裡的一切，好嗎？」

「您放心，這裡的祕密，我會永遠藏在心底！」喬安語氣堅定說著。

「乖孩子！」嫦娥點著頭，帶著一抹微笑，朝著喬安揮舞著她長長的衣袖。這時一陣寒意迎面而來，喬安打了個寒顫，再次睜開雙眼時，發現自己已經回到人間了。看著爸媽仍安穩的睡著，平安符也完好如初的掛在脖子上了。她緩緩走到了窗邊，仰望著天上的明月，不斷想著剛剛的神奇遭遇。

剎那間，有顆明亮的流星劃過了天際！那時喬安才徹底明白，人生最重要的，不是吳剛所追求的名利與富貴；天地間最耀眼奪目的，也不是天上的日月星辰。這世上最燦爛永恆的，是我們人間所擁有的「愛」。

本文榮獲二〇一五年第四屆臺中文學獎童話類佳作

編委的話

●**沈世敏：**

這篇現代的童話，融入了古老傳說的元素，創造出一個奇幻的世界，很吸引人。

●**林宜暄：**

我覺得這篇文章的寫作手法很特別，運用了中秋節傳說中的數個元素。它告訴我們，「愛」比名與利來得重要多了。

●**鄭博元：**

這是一個結合與月亮有關元素的故事。為了拿回被偷的平安符，而跑到月亮上頭，接受了所有考驗，變成月光花的主人。每個細節都寫得生動活潑，尤其是描述月光森林那段，真是令人看了意猶未盡。故事中所傳達出的孝順與愛，深深打動人心。

零下十八度的願望／陳景聰

◎ 插畫／劉彤渲

作者簡介

一九六六年生。從小喜歡聽故事，當了老師，開始說故事、寫故事，天天笑臉看兒童。臺東大學兒童文學研究所畢業，故事曾獲文建會兒童文學獎、大陸冰心兒童文學新作獎等。著有《黑帶傳奇》、《小天使學壞記》、《春風少年八家將》、《刺蝟釣手》、《玉山的召喚》等三十餘冊。

童話觀

童年，我是愛幻想的孩童；三十幾歲開始創作童話，當時我像個愛幻想的大孩童；如今五十歲了，仍然未窺天命，因為童話是一帖妙方，讓我保有一顆愛幻想的童心，不知老之將至，才能持續編織幻想的網子來捕捉趣味，揮灑幻想的彩筆來抒發感情。

1. 第一名的願望

太陽露臉了，可是北國的冬日依然冷得可以凍掉鼻子和耳朵。冰雕展覽場的溫度始終維持在零下十八度。這麼冷的地方卻是人擠人，觀眾呼出的熱氣如同一鍋煮開的水，熱氣滾滾往上冒。

「媽咪，我想要去看長毛象。」

「走！我們去看美人魚。」

「哇！這隻北極熊雕得活靈活現，難怪會拿到第三名。」

「嘖嘖！這個芭蕾舞孃動作雕得實在很優雅，不輸給真人的表演，可惜只得到第二名。」

「奇怪！這隻第一名的老鷹看來看去並沒什麼過人的地方啊！憑什麼得第一名？」

冰雕展覽會場的導覽員連忙站出來，為質疑比賽成績的觀眾解說：

「請您再仔細觀察老鷹的眼睛，就會發現牠的眼神是多麼的銳利。」

她瞧見觀眾的臉上還掛著質疑，緊接著說：

「還有，它收斂翅膀向下俯衝的姿態，散發無比的戰鬥自信，活脫脫就是一隻極速撲向獵物，準備展開殺戮的老鷹。這件作品命名為『願望』，不就是為了展現老鷹盯住獵物準備出擊的企圖心嗎？」

聽解說員這樣說，觀眾果然一面倒的點頭表示同意，齊聲讚美眼前第一名的傑作。

可是被人群包圍的冰老鷹卻感覺第一名的光采消失掉了，就如同打烊之後突然熄滅的聚光燈。它的心痛得幾乎要裂開，彷彿被狠狠鑿了一刀。

「準備展開殺戮？」冰老鷹痛苦的回想：「我的獵物在哪兒？應該早就逃得遠遠了！殺戮多麼殘忍哪！怎可能是我的『願望』呢？」

冰老鷹再也沒有心思聽觀眾的讚美了。第一名的光環如同火焰圍繞著它，害它感覺渾身不自在。

「我的願望到底是什麼呢？」

冰老鷹銳利的眼神掠過人群，穿透冰磚築成的厚重圍牆，看見一個衣著單薄，在入口張望的年輕人。

那些買了票準備入場觀賞冰雕的人，全身都裹著厚厚的毛皮和雪衣。年輕人手插褲袋，瑟縮著身子，站在那些觀眾身邊，一眼就看出他是個不折不扣的窮小子。

不知怎地，冰老鷹的眼神跟窮小子的眼神對上的瞬間，它忽然感覺自己就是窮小子的「願望」。他好想進入展覽場來看它，可惜沒錢買門票，只能在門口遠遠的看著它。

深夜，人潮散去，冰雕展覽場終於安靜下來。

「唉！如果能讓那些買不起門票的人免費進來參觀，就算把我降為第二名、第三名都沒關係。」冰老鷹回想白天見到的窮小子，忍不住輕輕嘆息。

兩旁的冰北極熊和冰芭蕾舞孃覺得冰老鷹的話很刺耳，馬上高聲責備它：

「別在我旁邊說風涼話！」冰芭蕾舞孃美腿彎曲的弧度似乎準備把冰老鷹一腳踢開，「觀眾花大錢進場參觀，才可以顯示我們的尊貴和價值。」

「沒錯！」冰北極熊立即附和，朝冰老鷹吼：「白天你搶光了我們的風頭，半夜竟然還對我們說風涼話。我覺得你只配當壞心眼第一名！」

「小朋友最喜歡我們了。我覺得應該讓他們投票決定名次才對！」

冰長毛象說完，冰美人魚和冰熊貓趕緊表示支持：

「對對！到時候，說不定第一名就屬於我們啦！」

聽到周圍的冰雕這樣說，冰老鷹滿心的疑問忽然找到了解答的方向。它記得自己也曾經希望奪得第一名來出出風頭，可是這願望早在它拿到第一名之前，就已經不存在了。

「原來解說員口中的『願望』就是這個。你們都希望得到第一名，可惜都沒得到。我得到了第一名，偏偏這卻不是我的願望呀！」

「騙子！」冰芭蕾舞孃氣呼呼地責罵冰老鷹：「來參加冰雕比賽，誰不想拿第一名，領取高額獎金呢？」

「對啊！第一名才可以吸引最多的讚美和目光。身為冰雕，還有什麼比這個重要的？」

「你說這種話根本就違背良心！」

冰老鷹沒料到自己的話會激怒了大家，連忙解釋：

「我不認同解說員說我的願望是『殺戮』，才想弄清楚自己的願望到底是什麼。而你們

『得第一名的願望』，其實應該是『冰雕創作者的願望』才對吧？」

被冰老鷹這一問，大家不由得回想起自己被創造出來的經過。沒錯！當初創造它們的人，的確是一錐一鑿的把第一名的願望敲進它們的心坎裡了。

「沒錯！我們的全部，包括願望都是他們賦予的。」冰芭蕾舞孃斬釘截鐵說：「每位創作者都想拿第一名！」

「不！他創造我不是想拿第一名，而是想傳達一種——」冰老鷹回想片刻才接著說：「追求願望的感覺！」

冰老鷹的真心話卻惹來一陣嘲笑。

「哈哈哈！成為冰雕展的作品，不就是我們追求的願望嗎？既然你要追求別的願望，就應該離開這裡才對呀！」

「對啊！這兒沒有你的願望，去別的地方找尋吧！」

冰老鷹決定不再吭聲。它只是一尊無法動彈的冰雕，就算知道自己的願望在哪兒，也無法動身去追尋。

身為冰雕，它這輩子注定是離不開這個零下十八度的展覽場了。

2. 苦苦等候的願望

窮小子畏畏縮縮的倚在門口，朝冰雕展覽場裡頭張望。他知道裡頭一定有老人的作品。他剛搬來這座城市，就發現那位老人喜歡趁著大雪紛飛的時節，在路邊的木棚子創作冰雕，吸引不少路人駐足觀看。這時，窮小子總是頂著風雪，站在棚子外邊注視老人創作的過程，將老人的一刀一鑿偷偷記在腦海當中。

經過一段時間，老人發現觀看的路人當中，有一個小夥子對創作冰雕格外有興趣。圍觀的路人受不住風雪一個個走掉了，衣衫單薄的小夥子卻還是雙手插褲袋，靜靜站在棚子外注視著他創作冰雕，渾然不知身邊圍觀的人早就離開了。

「小夥子，外頭風雪大，為什麼不進來棚子裡頭看呢？」

「謝謝老爺子！我站棚子外頭看就好，才不會妨礙到您的動作。」

「多麼可取的年輕人哪！」老人默默的想。

等創作告一段落，老人邊挨著爐子烤火，邊問站在風雪中顫抖的窮小子：「你願不願意跟我學創作冰雕呢？」

窮小子眼眸亮了一下，隨即又黯淡下來。他思索好久才吞吞吐吐的回答：「我——我恐怕沒這個天分，而且我還要賺錢養家，根本買不起工具。」

「工具？那簡單！」老人從櫃子裡翻出幾把老舊的工具，遞給窮小子：

「我一眼就覺得你有天分。這套工具讓你帶回去練習看看，真的想學，就來當我的學徒，我會給你錢養家。」

「謝謝老爺子！」

窮小子遲疑了一下，終於伸出雙手接下工具。

這一刻，老人充滿慈愛的容顏，映入了窮小子的腦海；而老人注意到的，卻是窮小子被凍得皮開肉綻的雙手。

看著窮小子歡天喜地的離去，老人也跟著歡喜起來。

「等待了那麼多年，我的冰雕手藝終於找到傳人了！」

老人以為窮小子很快就會回來找他，沒想到一天一天過去，他卻始終等不到窮小子的蹤影。

「他眼中的確流露出對冰雕的熱愛，可為什麼還不來找我呢？難不成我看走眼了！他只是個騙子？」

冰天雪地的日子一天又一天消逝了。

正當老人對窮小子逐漸失去信心時，有一天，老人來到他創作冰雕的木棚子，赫然看見地上矗立著一件冰雕作品。

作品的主角是一位正在創作冰雕的老人。

老人把冰雕看個仔細，不禁大吃一驚，因為作品的雕刻技巧雖然不夠純熟，但從人物的姿態與神韻可以明顯看出，作品雕的正是他本人。

老人端詳過冰雕作品之後，忽然又發現自己送窮小子的工具完整的擺在門口。

「原來這是他雕的！我果然找對人啦！」

老人以為窮小子馬上就會來找他，開心的等了又等，想不到希望卻再度落空了。

從這一天起，老人找遍城裡每一條街道和每個角落，始終見不到窮小子的蹤影。

春天來了。窮小子的身影就跟他送給老人的冰雕一樣，從此融化、消失了，再也找不回來。

當寒冬再度降臨時，老人又抱著一絲希望，回到木棚子創作冰雕。他一心期盼著窮小子會像去年一樣，出現在駐足觀看的路人當中。

等不到窮小子，老人的願望逐漸破滅，心中的疑問卻是越鑿越深。

「這小夥子明明有雕刻的天分和興趣，為什麼要放棄呢？」

「我挑選學徒的眼光就跟老鷹一樣銳利精準，為什麼到頭來，願望卻落空了呢？」

「老天，難不成我畢生領悟到的冰雕藝術，就這樣失傳了？」

老人越想越難過，為了排解苦悶，他只好把全部的心思都投注在冰雕創作當中。

終於，他創作出讓自己鬆了一口氣的作品。他不加思索便將這一座冰老鷹命名為「願望」。

3. 破碎的願望

「你這小子老是在門口探頭探腦，是不是想偷東西？快離開！不然別怪我不客氣囉！」冰老鷹聽到門口的警衛又在驅趕窮小子，焦急的叫起來：「別趕他！今天是冰雕展覽的最後一天，可以免費進場參觀的。」

它的嗅聲是那樣的尖銳響亮，可惜警衛和窮小子都聽不到，還白白讓它的心震出了一道裂痕。

幸好救星及時出現了！

「小夥子，快進去呀！今天不僅免費開放，還有免費的冰雕教學呵！」

老人忽然從人群之中冒出來。他抱著最後一絲希望來到這兒，想不到竟能如願以償，興奮得將窮小子的臂膀摟得緊緊。

老人像個花了一輩子終於找到寶藏的海盜一樣，既欣喜又激動的拉著窮小子逛遍整個展覽場，為他解說每一件冰雕作品的特色和優缺點。

窮小子細細欣賞每一件作品，每當觀察到令他感動的地方，便不禁激動得流下熱淚。他捨不得擦眼淚，雙手始終牢牢的插在口袋裡，任由兩行淚水一直流到下巴，滴在地上凍成了一粒粒的淚珠子。

老人終於解說到冰老鷹了。

「我不曉得該怎麼解說這件作品，請你自己觀賞吧！」

看見冰老鷹的眼神，窮小子彷彿發現自己長久以來的願望，壓抑不住內心的澎湃激動，熱淚像瀑布傾瀉而下，瞬間就凍成了冰淚珠，滴滴答答敲擊著地面。

冰老鷹看穿了窮小子的感覺，內心深處跟著激動澎湃起來。它流不出熱淚，卻感覺自己逐漸化成了一顆又一顆的冰淚珠。

冰雕教學的時間到了。主辦單位集合場內的觀眾，宣布：

「現在我們請『願望』的作者鑿冰老人來教大家冰雕入門技巧。」

WINNER

老人站到觀眾面前，請大家拿起冰雕工具，開始示範講解。老人瞧見窮小子的雙手卻仍舊插在口袋內，便走到他面前鼓勵他：

「快拿起工具，展現你冰雕的才華給大家瞧瞧啊！」

窮小子搖著頭，遲遲不肯拿起工具。直到最後，拗不過老人鼓勵的眼神，他才勉強把雙手伸出口袋。

在場的人全都驚訝得說不出話來。

窮小子的十根手指頭都不見了，根本握不住鑿冰的工具。

「對不起！害您失望了！我只顧著完成冰雕作品，沒有注意保暖，竟然把自己的手指凍壞掉了。」

老人望著窮小子失去指頭的手掌，後悔得心都快淌血了！唉！就因為買不起一雙保暖的手套，窮小子的願望破碎了！他的願望也跟著破碎了！

老人想安慰窮小子，話卻凍結在喉嚨說不出口。

就差一雙保暖手套而已呀！

這一瞬間，只聽到霹靂啪啪的一陣碎裂聲響，第一名的冰老鷹突然碎裂開來，掉落在地上，破碎成滿地的冰珠子。

從這一天起，鑿冰老人再也不想創作冰雕。他和窮小子將那一粒粒破碎的「願望」收集起來，帶到樹林裡，在每一棵樹的根部埋下一粒冰淚珠。

4. 燃燒的願望

傳說北國的煙囪會說故事喲！

每到天寒地凍的季節，有錢人家就會點燃壁爐來取暖。

這時候，壁爐內燃燒的木頭就開始霹霹啪啪的講起話來，娓娓訴說著一個又一個關於願望的故事。

壁爐的煙囪不斷冒著煙，煙往天空飄聚成了雲，雲凝結成冰冷的雨從天上灑下來，落在屋頂，滴滴答答的訴說著一個又一個關於願望的故事。

聽過這些故事之後，那些擁有大片樹林的有錢人總會將劈好的木柴堆在屋簷下，疊得滿滿，好讓窮苦人家可以拿回去燒火取暖，捱過冰冷徹骨的寒冬。

嚴冬離開以後，有錢人走出戶外，看見屋簷下堆疊的木柴都被拿光了，就會感覺自己的願望已經達成，從頭頂到腳底都暖和了起來。

——本文榮獲二〇一五年第四屆臺中文學獎童話類第一名

編委的話

● **林宜暄：**

我覺得這篇故事特別深奧、抽象，必須讀好幾遍，才能大概了解文中的含意。故事呈現出不同人的不同願望；結局讓我出乎意料，我原本以為窮小子的願望會實現，沒想到竟是夢想破滅。它的內容生動、豐富，有種讓人想一直讀下去的感覺。

● **林宸伃：**

故事的四段環環相扣，帶給我們許多意外的驚奇。從這篇童話中，我學到創作不是為了得獎而是要感動人心，更讓我發現：現實生活中，或許因為我們太幸福了，所以不容易感受、體會窮人的心情。

● **鄭博元：**

這篇童話包含不同主角的願望，作者使用高超的技巧慢慢進入主題，也一直變換時空。故事最後寫出，就差一雙手套，導致年輕人不能完成雕冰的夢想，是個意外的結局，很震撼人心、令人感動。作者令我們感受到窮人的處境，如果大家能在做得到的範圍內，多幫助需要的人，世界將會更美好。

小音符 ／林世仁

◎ 插畫／李月玲

作者簡介

高高瘦瘦，喜歡聽黑膠唱片，覺得生命就像一場神奇的大魔術。

作品有童話《字的童話》系列、《流星沒有耳朵》、《小麻煩》；童詩《古靈精怪動物園》、《誰在床下養了一朵雲？》、圖像詩《文字森林海》;《我的故宮欣賞書》等四十餘冊。曾獲金鼎獎、中國時報、聯合報、好書大家讀年度最佳童書。

童話觀

童話，是用「童心的話語」所創作出來的幻想故事。

童心，是以「新鮮的眼光」來看這個老舊的世界。

1. 今夜星光燦爛

在城市東邊，紅綠燈的綠燈只亮二十五秒的馬路邊，有一間愛哭的大樓。不論是清晨、中午還是半夜，大樓總是動不動就哇哇大哭。哭聲有時從頭頂上衝出來，有時從腳底下冒出來……大樓邊的紅綠燈老是弄不清楚大樓的嘴巴在哪裡？時不時就被嚇到，一嚇到，燈號就亂跳，嚇得行人紛紛大叫：「哇，怎麼又變紅燈啦？」一個個衝得像逃難。

不過，大樓愛哭，大樓裡的人都很高興——因為，這是一間婦產科醫院！

這一天，三〇六號產房可熱鬧了。門、窗、桌、椅一看見醫生護士全圍攏在床邊，便立刻同時閉上眼睛，捂好耳朵，準備迎接小寶寶的哭聲……可是，它們沒聽見哇哇哇的哭聲，沒聽見醫生打小寶寶屁股的聲音，卻聽到了很小聲、很小聲「啵啵啵」的聲音。

它們悄悄拉開眼簾，哇——它們看到這輩子最神奇的事。

小寶寶張開了嘴，好像在哇哇大哭……可是，從她嘴裡蹦出來的，不是哭聲、不是吶喊、不是口水，而是閃著金色光澤的小音符！

全音符、二分音符、四分音符、八分音符、休止符……數不清的小音符，像噴泉一樣從她的小嘴巴裡噴灑出來，每一顆小音符都粉嫩嫩的，好新鮮！

「哇——」醫生一開口，一顆全音符掉進嘴巴。義大利歌劇《杜蘭朵公主》立刻從他嘴裡跳出來：「啊，今夜星光燦爛……」

護士們的鼻子沾上一顆十六分音符，她們立刻手勾手，引吭高歌：「看——國旗風飄！聽——歡聲雷動……」

一顆四分音符親了親媽媽的臉，媽媽立刻哼起〈紫竹調〉：「一根紫竹直苗苗，送給寶寶做管簫……」

爸爸緊張的衝進來，一顆八分音符貼上他的額頭。「我住長江頭，君住長江尾，日日思君不見君，共飲長江水……」

守衛阿榮伯推開門，一顆二分音符黏上他腦袋。阿榮伯立刻停住腳步，頓了頓，右手摸摸下巴上的「透明鬍子」，搖著頭、晃起腦，唱起了平劇〈空城計〉裡的諸葛亮：「我本是臥龍岡散淡的人哪……」

院長以為有人收音機開太大聲，氣衝衝趕過來。「誰？誰不守規矩？」一顆休止符迎面撞來，正中鼻頭。院長立刻「一二三、木頭人！」，像雕像一樣僵住，連嘴巴都還來不及闔上呢！

掃地的阿婆好奇走進來，掃把一揮，沾到一顆全音符。「咦？」阿婆眼睛一亮，一個轉身，掃把變成馬鞭，左手一橫，下巴一抬，唱起了歌仔戲〈薛平貴與王寶釧〉：「我身騎白馬啊！走三關；改換素衣啊！回中原……」

小寶寶開心的扭動雙手，好像在指揮。

音符往上飄、向下鑽……不一會兒，每一間房間裡都傳出了歌聲。

小寶寶們咿咿呀呀哼著搖籃曲，等候看診的媽媽們輪流唱起山歌，推車的年輕人扭來扭去唱著雷鬼樂，連蹲在廁所裡的人都開口大合唱，嗚哩哇啦，從一樓連上十八樓。

歌劇、平劇、歌仔戲、藝術歌曲、民謠、流行歌曲、懷念老歌、搖滾樂、兒歌、童謠……從這個房間連到另個房間，從這個角落流到另個角落。房間、廳堂、走廊、地下室……整棟大樓都在歌唱！整棟樓上上下下都被歌聲擦亮，好像在音波聲浪中輕輕搖、慢慢晃……就算有人用光速跑遍地球，把全世界音樂廳演奏出來的聲音統統加起來，也比不上此時此刻，這一棟大樓傳出來的聲音那麼生猛、歡快、強勁呢！

對了，這一晚，大樓邊的紅綠燈驚嚇過頭，綠燈足足亮了二十分鐘。一位老爺爺拄著枴杖，走過去又走回來，笑嘻嘻的來來回回走了五趟呢！

「媽媽，奶奶說的是真的嗎？」小慧問。

「奶奶跟妳說什麼？」

「奶奶說我出生時，整棟大樓都在唱歌！」

「唱歌？哈，整棟大樓是很熱鬧沒有錯，但不是在唱歌。」

「那是什麼？」小慧很好奇。「不是因為我一出生，大家都高興得唱起歌來？」

叩！媽媽敲了敲小慧的腦袋瓜。

「是地震啦！電燈唰一下暗了又亮，尖叫聲、碰撞聲，嘩啦嘩啦嚇死人了！還好，地震一下子就過去了，大家的臉色都白煞煞，只有妳的臉蛋紅通通。」

「哼，奶奶騙人！」

「噓——」媽媽看看房門，聽了一下。

「奶奶年紀大，腦袋糊塗了。」媽媽說：「奶奶連我和爸爸都不太認識了。還好奶奶最疼妳，妳小時候媽媽要上班，都是奶奶幫忙照顧。現在，奶奶生病了，換小慧來陪奶奶，好不好？」

「嗯……」小慧點點頭。

「來，媽媽念一本奶奶以前寫的童話給妳聽。」

2. 體重——十六分音符！

秤體重時，小寶寶輕得就像一顆音符。

「十六分音符！」護士瞪大了眼睛。

十六分音符？哪有這種重量單位？

醫生「哼！」一聲，湊過來。怪了，體重計上，真的指著十六分音符！

「體重計壞了……咦，又正常了？」醫生一抬頭，護士剛抱起小寶寶。

「妳再放上去。」

護士把小寶寶放回體重計。「咦……」液晶螢幕上的數字又變成音符，小小的十六分音符。

「見鬼了！」醫生摘下眼鏡，放在體重計上。四十公克！

小寶寶……十六分音符。

茶杯——三百公克。

小寶寶……十六分音符。

「怎麼可能？」醫生一拳頭壓在體重計上——九百公克！

「太奇怪了，換一臺體重計。」

沒有用。全醫院的體重計都試過了，答案一模一樣。醫生抓抓腦袋瓜，只好在《寶寶紀錄表》的重量欄上，一筆一畫寫下「十六分音符」。

「這是輕還是重？」爸爸問。

「很抱歉，我不知道。」醫生聳聳肩。「我不知道她是輕得像一顆十六分音符？還是重得像一顆十六分音符？我只知道，這小傢伙的音樂感染力太強了！強得連數字都投降。」

「十六分音符？真可愛！」媽媽才不管它是代表輕還是重，抱起小寶寶，在她臉上親呀親。「我們就叫她小音符吧？」

「好啊！」爸爸點點頭，親了一下小音符。「小音符長大一定是大音樂家！」

「哇，四十公斤？媽，您又瘦了，要多吃一點才行啦！」爸爸把奶奶抱回輪椅，罵她。

奶奶只是笑，瘦瘦的手指頭指著鋼琴。

「奶奶想聽我彈鋼琴！」小慧打開琴蓋，彈了一首〈小星星〉。

「哇，真好聽！」爸爸說。

「嗯，好像全宇宙的小星星都在拍手呢！」媽媽說。

奶奶笑得眼睛都瞇起來了……小慧又彈了一首〈森林的打鐵匠〉，回頭一看，奶奶已經睡著了。

3. 啵啵交響曲

小音符開始學走路。

剛開始是一拍的速度，慢慢的，可以走兩拍的速度了……當她用十六分音符的速度跑進爸爸的懷裡，爸爸的眼淚立刻以三十二分音符的速度飆了出來！

小音符在地上玩樂高積木，堆堆排排，排成好幾列，有的擠在一起，有的散開來，有的高，有的低……

「妳在玩什麼？」

「我在指揮樂團，」小音符說：「這是我的樂高音樂團！」

哇，爸爸的眼淚又在心裡流成了一片池塘。

「來，爸爸親一個。」

「等等……等我指揮爸爸再親……媽媽，妳也來……準備好了嗎？好——開始！」

小音符的手一指爸爸，爸爸就嘟起嘴巴，「啵！」。

小音符的手一指媽媽，媽媽就嘟起嘴巴，「啵！」。

點一下——啵！

點兩下——啵！啵！

點、點、點——啵！啵！啵！

……

爸爸親得好興奮，媽媽親得臉紅紅……

小音符雙手一收，表示停。「這是我的『啵啵交響曲』！」

爸爸的嘴巴好酸，心卻好甜。「我要給小音符請來全世界最棒的音樂老師！」

雖然「全世界最棒的音樂老師」一小時的費用，足足抵得上爸爸一個月的薪水，但是爸爸連眉頭都沒皺一下呢。

「小慧，彈琴要認真！」爸爸罵她。「隔壁大姊姊雖然算我們便宜，一小時也要八百塊，妳還不認真練，還偷看……這什麼書……《巴掌風》？咦，奶奶寫的嘛！」

「對啊！」小慧說：「我的手指頭也有眼睛喲！我用眼睛看書，用手指頭看樂譜。」

「妳喔，童話看太多了！下個月就要成果發表會，難道妳想彈最後一名？」

爸爸把書放回書桌。

「爸爸，奶奶寫了那麼多故事，她最喜歡哪一個？」

「嗯？這個嘛……奶奶以前總是說『還沒寫出來的』那一個。可惜，奶奶現在什麼都不記得了，沒辦法回答。不然，爸爸也很想知道呢！」

4. 鋼琴，你好！

小音符終於有了自己的鋼琴。

那是一架從來沒人馴服過的鋼琴。全世界最狂野的鋼琴！

小音符說：「哈嘍！你好。」鋼琴不理她。

「我們來做好朋友吧？」鋼琴不理她。

「好，那——我們來決鬥！」

小音符用小手掌壓它——「扁！」聲音又平又難聽，好像被壓成大餅。

小音符用小拳頭打它——「碰！碰！蹦！」聲音也跟著變成拳頭，好像在罵她。

小音符用手肘去敲它——「咚！咚！咚！」真難聽。

「哈，原來你不會唱歌！」小音符說。「嗯……別怕，我來教你。」

她把手指頭輕輕放在鍵盤上，輕輕摸摸它，指尖動了動。

輕輕點……鋼琴說了一句悄悄話；重重點……鋼琴一下、一下跳起來；慢慢點……聲音輕輕柔柔；快快點……聲音就開始跑步……

「嗯，反應不錯嘛！準備好了嗎？我們來合作一下，把這些黑色、白色的睡美人統統都叫醒。」

小音符用力彈了一個音。「醒來——DO！」

「醒來——RE！」

「醒來——MI！」

「別睡懶覺——FA！」

「別躲——SO！」

「別逃——LA！」

「換你了——SI！」

「來，大家一起跳舞吧——Do Re Mi Fa So La Si……」

就這樣，小音符馴服了鋼琴。

「媽，奶奶又在輪椅上睡著了！」小慧說。

媽媽趕緊過來，幫奶奶擦口水。「嗯，奶奶好像又尿尿了。媽媽推奶奶去房間換尿布。」

晚上，爸爸和媽媽在廚房說悄悄話。

「媽媽越來越愛睡覺了，要不要讓她躺在床上，舒服點？」

「不好吧？躺久了會生褥瘡。」爸爸搖搖頭。

「還有，媽媽好像在跟小慧說故事。」

「那很好啊，媽媽只會對我傻笑，對我好客氣。」爸爸嘆口氣。「好像我是陌生人。」

5. 敲響貝多芬

小音符的指頭就像啄木鳥，每天都在鍵盤上啄呀啄……

老師教她史卡拉第，她試彈了一下，就搖頭說：「我不能彈這首曲子。」

「為什麼？」老師不高興了。「史卡拉第的音樂那麼美！」

「我一彈它，就好像大象在踩雞蛋，每一個音符都被我壓扁了。」

「啊，對喔！」老師也發現小音符的手勁太強。「有了，我們來彈貝多芬，他的音樂又強又有力。」

小音符一彈貝多芬，哇，手指好像變成戰馬，橫衝直撞，每一個鍵盤都使勁力氣，大聲唱。

「太棒了！」老師親著小音符。「這是我聽過最棒的貝多芬！」

「爸，史卡拉第好難彈喲！」

「怎麼會？那妳以後彈貝多芬怎麼辦？」

「那就不要彈啊。」小慧嘟起嘴巴。

「那怎麼行？妳不是很喜歡彈琴？」爸爸說：「再說，奶奶也很喜歡聽妳彈琴。」

「有嗎？奶奶一直咿咿啞啞的，不知道是在唱歌？還是在說話？我都聽不懂。」

「噓——奶奶變成小孩子了。」爸爸壓低聲音說：「小孩子聽不懂話，要人疼，我們都要對奶奶好，知道嗎？」

小慧點點頭。

「對了，成果發表會的曲子，妳練得怎麼樣？有把握嗎？」

「有……一點啦！」小慧吐吐舌頭。「曲子好難喔，我的手指頭一放在鋼琴上，就好像不是我的，會自己亂動、亂按。」

「那是妳沒用心。」爸爸差點又要大聲了，好一會兒才努力壓下火氣。「沒關係，多練習，小慧一定會越來越好。」

「可是我不想練。」小慧蹶起嘴巴。「我再怎麼彈，也比不上葉筱佳。在她後面上臺，一定會被笑的！」

6. 鋼琴大對決

鋼琴大賽開始了！贏的人可以辦一場盛大音樂會。

小音符一路彈，一路晉級，最後剩下她和「音霸王」對決。「哼，比指力？我可是世界第一！」音霸王得意的說。

決賽當天，音霸王首先上場。幕一拉開，臺上竟然有三架鋼琴！

什麼？音霸王能同時彈三架鋼琴？怎麼可能？

音霸王微笑上臺，在第一架鋼琴前坐

下來。
「噹——」是貝多芬的〈熱情〉奏鳴曲。
第一樂章彈完，鋼琴大叫一聲，「啪！」一根琴弦斷了！
音霸王又坐在第二架鋼琴前，繼續彈第二樂章。
音樂沉下來，琴音卻更強了，好像大巨人在踩小螞蟻。
第二樂章彈完，鋼琴大叫一聲，「啪！啪！」兩根琴弦斷了！
音霸王又坐在第三架鋼琴前，繼續彈第三樂章。
音樂進入最高潮，琴聲更凌厲，結尾時，三次重擊，「啪！啪！啪！」三根琴弦斷了！
「哇——！」評審都驚呆了，這麼狂暴的演奏，簡直像戰場上的炮擊！
輪到小音符上臺，大家都很好奇：三架鋼琴都壞了，她要彈哪一架呢？
小音符對大家一鞠躬說：「不好意思，我本來也要彈〈熱情〉，但是現在，請容許我改彈莫札特的第八號鋼琴奏鳴曲。」
她坐到第一架鋼琴前。（對嘛，這一架鋼琴弦斷的最少。）
琴音響起，輕快中帶著驚訝、哀怨，又好像在悄悄低語、輕輕安慰……
啊，要彈到斷弦的琴鍵了……「——」琴音沒出來。
一聲口哨從小音符嘴巴裡冒出來！
「——」，又一聲口哨。

每一次彈到斷弦的鍵盤，小音符就用口哨哼出音符。琴音歡喜起來……好像受傷的人在做復健。

第二樂章，小音符坐在第二架鋼琴前。（咦，這一架還能彈嗎？）口哨聲增多。琴音裡有一些委屈，有一些期待被呵護的感覺……

第三樂章，小音符坐在第三架鋼琴前。（啊，她是在幫鋼琴打氣！）琴音不斷，口哨聲更多。琴音中隱隱揚起感激的歡唱，暗影裡出現了溫柔的光……掌聲久久才響起，還穿插了幾聲口哨，好像在幫那些受傷的琴鍵說謝謝。

十分鐘之後，評審代表走上臺。

「相信大家都看到了，音霸王的技巧太驚人了！完全征服了鋼琴，沒有人能彈得比他更強、更猛了。」評審代表頓了一下，看看大家。「但是，小音符卻讓我們感覺到，鋼琴是我們的好夥伴、好朋友，是一塊兒創造音樂的精靈。經過討論，我們一致決定——小音符獲勝！」

「小慧，妳又開始練琴了？」媽媽又驚訝又高興。

「嗯。」小慧不好意思的點點頭。「老師昨天跟我們說了好多，我也想清楚了。發表會不是比賽，不要跟別人比，只要能上臺，好好把曲子彈完就行了。」

「哇，小慧長大了喲！」媽媽說：「奶奶一定很開心又可以聽到小慧彈琴。」

「哪有？奶奶最近一直打瞌睡，我彈琴都吵不醒她。奶奶好像忘記我了。」

爸爸看著在輪椅上睡著的奶奶，輕輕說：「奶奶累了，我們別吵她。」

7. 神奇音樂會

小音符的音樂會好熱鬧啊！大家都來了。只是，總統、軍官、商人、老師、工人都不太高興，因為他們只能坐在後面。中間是猩猩、老虎、大象、斑馬、長頸鹿……最前面的位子，坐著小螞蟻、小瓢蟲、小蜘蛛！

小音符彈得真好！音樂不斷上升，把屋頂都掀開來了……

「咦？」一位觀眾的椅子飄起來。

「哇——」兩位觀眾的椅子飄起來。

「噢！」三位觀眾的椅子飄起來。

「哈？」四位觀眾的椅子飄起來。

「嘻嘻……」好多觀眾的椅子都飄了起來，上上下下，打著轉……

啊，小音符彈得那麼好聽，奶奶也忍不住飄起來了。

因為我是小音符的奶奶喲！所以比所有人都飄得高，比小瓢蟲高，比長頸鹿高，比總統高，高到屋頂上……

還要高！再往上飄……

小音符的音樂太美了，美得連雲朵都讓開了路。

「是小音符的奶奶呢！」它們排在兩邊，鞠著躬，歡迎我。

我看到前頭有一道光在對我招手，好亮，好亮，就像小音符的琴聲那麼純淨、光亮……

啊，奶奶的故事來不及講完了……不過，奶奶都看到了喔……

奶奶飄得這麼高，什麼都看到了喔……

奶奶看到小音符去念大學。

看到小音符談戀愛……

看到小音符哭，看到小音符笑……

還有……還有……奶奶看到小音符彈琴給很多人聽，大家都好高興……

對了，對了，奶奶也看到爸爸、媽媽了……呵呵，好久沒看到他們了，他們這陣子都跑到哪兒去了呢？啊，那光更近、更亮了，照得人好歡喜呀……

啊，小音符，再為奶奶彈一曲吧！

——原載二〇一五年十二月《未來少年》第六十期

編委的話

● **林宜暄**：

這是一篇描述老人失智症的故事，其中穿插了想像世界和真實世界，有時會覺得兩者並不相關，但多讀幾遍，便覺得越來越有關聯了。我覺得這位作者的想像力很厲害，把小主角的哭聲、淚水、體重單位等，都變成了音符。

●林宸伃：

這篇童話帶我們走入奇幻的世界裡，使我們沉浸在美好、有趣的描述中，也對比出生活中的現實面，卻又令現實面的無奈得到了慰藉。

●鄭博元：

這篇童話裡是以現實生活和童話故事交錯的寫作手法。在現實生活的部分，寫出老人一步步老化的失智過程。在童話故事的部分，則因奇特的想像惹人發笑，作者實在太厲害了。

神秘冰棒盒 ／王宇清

◎ 插畫／李月玲

作者簡介

熱愛樂器的文字創作者。

曾獲牧笛獎、九歌現代少兒文學獎、好書大家讀年度最佳讀物獎、國藝會創作補助、教育部文藝創作獎及蘭陽、南瀛、臺南文學獎。出版：《妖怪新聞社》、《願望小郵差》、《水牛悠尾的煩惱》、《空氣搖滾》等。Email:grooveching@gmail.com

童話觀

有創意、有溫度，讓孩子讀過聽過後，長大後還能回味再三的故事。

小湘熱得睡不著。明明是冬天，怎麼這麼熱呀！她到冰箱去翻看，赫然發現有個冰棒盒。

咦？阿嬤什麼時候買了一盒冰棒？她怕吵醒阿嬤，索性整盒帶回房間。打開之後，裡面放滿各式各樣的冰淇淋，雪糕、甜筒！小湘正準備大快朵頤，享受清涼之際，冰品下卻發出了奇怪的窸窣聲……

蹦蹦蹦！小湘眼前出現了三個穿著奇怪太空裝的小人。

哇！是外星人！小湘嚇得全身僵硬。

「妳好！」三個外星小人，和小湘打招呼。

「救命！我要被綁架了！」小湘在心裡哭喊。

「咦？」外星人似乎對小湘害怕感到吃驚。「別怕……啊！抱歉！快！快脫掉！」外星人們手忙腳亂脫起太空衣，裡頭竟是——三個小雪人！

「快！先補充冷度！」雪人囫圇吃起冰，三兩下將冰品一掃而空。

「呼！涼快多了。」他們拍拍肚皮。吃了冰，雪人恢復了原來的大小，圓滾滾的模樣可愛極了，小湘比較不怕了。

「我們是雪人國來的魯魯、西西和卡卡。」最大的雪人魯魯自我介紹。

「妳認得這個嗎？」最小的卡卡指著脖子，問小湘。

「啊！」小湘吃驚大叫！

原來，小湘因為突然過敏，沒辦法和爸媽、姊姊一起出國賞雪。她從小最嚮往在銀白色的雪地裡堆雪人，還特地挑了一條小圍巾，要送給她第一個雪人。

自己不能去，她還是託姊姊帶著，請她幫自己堆一個雪人，圍上圍巾。看來姊姊沒黃牛。

「謝謝妳，我好喜歡！」卡卡說。

「這傢伙又哭又鬧，說想當面跟妳說謝謝。」西西指著卡卡說。「為了實現這個願望，我們用魔法偷溜回人類世界見妳，還準備禮物要回送妳喔！」

「禮物？」

「開工囉！」

「呼！」

魯魯一聲令下，雪人們開始圍著小湘轉圈圈跳舞。

咦？有東西落在小湘鼻頭，涼涼的，一摸，溼溼的。

片片白色雪花，正從房間的天花板上點點飄落！

她連忙興奮的穿上了她全新的雪裝。接著，她和雪人們一起打雪仗、堆雪屋。最後，小湘還幫卡卡他們打扮，加上了各種可愛的裝飾。

「哇！其他的雪人一定會很羨慕我們！」雪人們開心極了。

不知不覺中，雪花漸漸變少了。

「雪快停了，魔法要消失囉，該走啦！」魯魯說。

「噢，不要。」卡卡意猶未盡，不想離開。「真抱歉，只能為妳做這麼多。」

「不會！我好開心！這是我的第一場雪，這是最棒的禮物！」小湘說。

「對了！照相！差點忘了！」卡卡慌慌張張拿出一臺拍立得相機。雪人們把小湘緊緊摟在懷裡，自拍了兩張照片，一張送給小湘。

接著他們又縮小，穿上太空裝，匆忙回到盒子裡。

「請盡快把我們放回冰箱。再見！」

「再見！」小湘和雪人們，都依依不捨。

匆匆道別後，小湘趕緊將盒子放回冰箱。再次打開冰箱時，盒子已經消失無蹤了。雪人們，已經回到雪人世界去了吧！

回到房間，雪已消失無蹤。

看著手上的照片，雪人們抱著自己，在紛紛白雪中，笑得燦爛。

小湘迫不及待，想要看看姊姊見到這張照片時，臉上的表情了！

——原載二〇一五年四月十一日《國語日報‧故事版》

編委的話

● **沈世敏：**

故事中的小女孩因為睡不著，跑去冰箱拿冰，結果跑出三個小雪人跟她說話，充滿想像力，就好像我常常幻想，冷氣機裡是不是躲著雪精靈一樣。這是一篇值得欣賞的故事。

● **林宸伃：**

原本只是想吃冰的小湘，打開冰棒盒，卻意外發現小雪人跑出來跟她說謝謝……。我覺得這是一個神奇的故事。還有，因為作者運用了精采的修辭，使我讀起來津津有味！

● **鄭博元：**

原本平凡的起頭，故事卻越來越精采，作者實在太厲害了。原來是小雪人為了跟主角道謝，才跑到人類的世界來，後來連整個房間都下起雪來了。真希望主角可以到真正的雪地裡做自己的雪人。

從來不準鐘 ／岑澎維

◎ 插畫／王淑慧

作者簡介

臺東大學兒童文學研究所畢業，現為國小老師。曾獲陳國政兒童文學獎、國語日報牧笛獎、南瀛文學獎、臺灣文學獎等，創作童書二十餘本，多次入選好書大家讀。

童話觀

寫童話和農夫種田是一樣的，播種、施肥、澆灌，處處用心、時時檢視，然後才有豐富的收成。

感謝在路途中，時時給予鼓勵的讀者，那是辛勤耕耘者，最大的支持。

1. 時間管理學院

時間管理學院又有一批時鐘要畢業了。

畢業典禮上，院長親自為每位畢業生「撥針」。

「最美麗的時刻！」院長把秒針撥到三十六的位置。

十點十分三十六秒！

這是時鐘最美的樣子。從時間管理學院畢業，代表已經能精準掌控每一分每一秒。

「精準」正是時間管理學院的要求，達到這個要求才能畢業。

院長一個又一個的為畢業生「撥針」。

「這是微笑的時刻。」院長為一個方形的時鐘撥動秒針，十點十分，看起來就是一個微笑的樣子。

「這也是勝利的時刻。」還沒有輪到咕咕鐘，下一個才是他，他就急著冒出這一句話。

院長看了咕咕鐘一眼，表示這個時候不能隨便開口。咕咕鐘是畢業生裡，受訓最久的一個，用人類的術語來說，就是他已經「留級」很多次了。

咕咕鐘終於能畢業，院長心裡感慨萬千。

「咕咕，不容易啊，你一定要認真用心，別壞了大事。時間是很重要的，我們掌控人類的時間，時間掌控人類的一切，絕對不能大意，大意會誤事，要堅持……」

院長再三告誡，咕咕鐘聽得都快睡著了。但是他不能打呵欠，上一次的畢業典禮，就是因為院長對他勉勵的時間太久，他打了一個長長的呵欠——他又留級了！

這一次，他不敢大意，他一定要畢業。

畢業之後，他就自由了，不必每天一秒一秒的計算，「滴、答、滴、答、滴……」那古板又無趣的「滴答舞」，他沒日沒夜的練了幾千次：六十拍之後，分針跳一格，分針一格是六十分之一圈，時針跳七百二十分之一圈，也就是二分之一度……

這惱人的舞步、這惱人的角度，咕咕鐘好幾次都想放棄，如果不是教授們持續陪他練習，他大概永遠畢不了業。

「精準」這件事，又花了咕咕鐘一大把的時間。身上的木材，已經從當年的淺咖啡，變為深褐色了，他才學會一個「滴」要多少時間，一個「答」要多少時間，而且每一下都要一樣多。

院長在對咕咕鐘長篇的勉勵之後，終於要為他做「撥針」儀式了。

「三十六秒！」院長把秒針撥到三十六秒的位置。

「耶！」咕咕鐘歡呼了一聲，但立即停止下來，因為院長兩隻眼睛正狠狠的看著咕咕鐘。

咕咕鐘不敢太興奮，因為他知道——他也是剛剛才知道，同學們都是停在十點十分零秒的位置，只有他，他是停在一點五十分零秒的位置！

這個節骨眼上，他再讓院長多看一眼，鐵定又要留級。

「現在開始，你們已經是一個精準的時鐘了！記住，『精準』是時鐘的本分。不要看自己價錢高低，衡量做多少工作，要用精準的能力，提高自己的價值！」

「恭喜你們！明年這個時候，記得要再回來，回來開座談會，順便調校時間；老師們也會隨時去打聽你們的近況，希望你們依舊——分秒不差！」

院長這時候，看了咕咕鐘一眼。咕咕鐘因為忍住一個呵欠，差點讓時針落了下去，他看見院長正在看他，立刻把時針穩住。

2. 充滿挑戰的工作

這真是一個充滿挑戰的工作！那個頑皮的小男孩，正是咕咕鐘的主人。

「十二歲了，你應該要有責任感。」爸爸為小男孩把咕咕鐘掛在牆上。媽媽也說：「從今天開始，我們不再叫你起床，你要自動自發，不准遲到！」

小男孩拖拖拉拉的個性，讓媽媽頭痛。每天都一樣：好不容易把他拉下床，他就坐在椅子上繼續睡。

把小男孩拖到浴室，他就坐在馬桶上睡。刷牙、洗臉、吃早餐，每件事情都做好，媽媽也快瘋了。為了讓小男孩不遲到，每天五點就要叫他。

「明天開始，你自己起床，自己搭車上學。如果遲到了，自己負責。」爸爸也這麼說。

「你要知道，每天為了你，我都要提早一個小時起床！」

這，就是咕咕鐘的主人。

如果有一雙腳，咕咕鐘一定要逃跑。一年以後回校座談會，他一定又會被院長數落，還有可能要「回廠重修」。

工作的第一天，小男孩看著說明書，把咕咕鐘身上的器官全都研究過了，再把「擺」縮短。

「哇，哈利，比你搔癢的速度還要快！」小主人跟地上的臘腸狗說。

咕咕鐘心臟受不了，噁心想吐，快要暈過去了，他從來沒看過那隻哈利怎麼搔癢，他只想要停下來。

這樣還不過癮，小男孩把鐘擺再縮、再縮，縮到最短、最短。咕咕鐘的聲音，像在槍林彈雨之中，「滴」和「答」全攪在一起。

小男孩比出槍的手勢，想像自己在叢林裡，和「敵軍」哈利作戰。一會兒躲在床邊，一會兒躲在書桌下，對哈利猛力砲擊。

咕咕鐘覺得自己快爆炸了。

「長官，我一定把敵人摧毀！」小男孩對牆上的咕咕鐘說。

戰爭直到小男孩玩累了，才暫時結束。

天一亮，小男孩自動醒過來，第一件事就是拉下鐘錘的鍊子，為咕咕鐘上緊發條，可憐的咕咕鐘，又要上戰場了。

小男孩自動起床！這是過去從來沒有過的。打完仗，小男孩就出門去上學，留下一臉錯愕的哈利。

爸爸來為咕咕鐘把鐘擺調好。

「你的功勞不小哇，這孩子自動起床了！」

咕咕鐘幾乎流下感謝的眼淚，不是因為小男孩，而是他終於可以回到正常的拍子來了。

3. 從來不準的時鐘

三天過去，小男孩終於玩夠，他不敢再好奇。

「不准再動，這是時鐘，不是玩具，上學遲到，我可要打你屁股。」

媽媽把咕咕鐘的鐘擺調好，警告小男孩。

能回到該有的節奏，咕咕鐘決定不計較過去，他要當一個準確的時鐘，正確的為小主人計時。

可惜的是，維持不到三天，咕咕鐘開始忘了時間的節奏。安逸的生活降臨，就是咕咕鐘怠惰的開始。

有一天，天徹底的亮了，小男孩醒過來，朝咕咕鐘看了一眼。

「五點三十分。」小男孩翻個身又睡去了。

再醒過來，還是五點三十分，小男孩又沉沉的睡去。

再一次醒過來，小男孩知道了，五點三十正是咕咕鐘睡覺的姿勢。

「真是一個體貼的好時鐘，讓我安心睡到飽。」

這一天，小男孩遲到了，但是咕咕鐘得到的竟是讚美。

接下來的日子，每天都睡到來不及——「啊！不妙！」

小男孩衝進浴室，一邊擠牙膏一邊尿尿、一邊刷牙一邊沖馬桶；嘴裡嚼著早餐、手上穿著襪子，短短十分鐘一切搞定，輕輕的關上門，自己去搭公車。

「真是個了不起的時鐘。」爸爸總在小男孩把門關上的剎那，回頭跟媽媽說。

小男孩遲到，不敢跟媽媽說，但是他一定會跟咕咕鐘說：

「你讓我遲到，也讓我躲過老師發的飆！」

「長官，我回來啦！遲到有遲到的不好，早到也有早到的煩惱。今天哪，早到的同學，因為太吵，都被老師罰站。我是唯一一個沒有被罰站的呢！你真是個幸運鐘啊！」

「長官，今天沒有遲到！老師說太陽會從西邊出來。」

「報告長官，已經三天沒有遲到了。老師說再這樣下去，我可以當班長了！」

得到的讚美越多，咕咕鐘就越過意不去，因為「精準」這件事，早就被他當成彈殼，丟在戰場上。

「我真服了你，比我還要懶散，真是個了不起的時鐘！」小男孩幫咕咕鐘上鍊，又幫他調指針。

「別老停在這個位置，你該起床了！」咕咕鐘還停在舒適的五點三十分位置。

4. 無法準確的長官

戶外教學的日期來臨，小男孩前一個晚上，為咕咕鐘上好了鍊，把指針撥到正確的位置。

「長官，明天我要去戶外教學，準時叫我，我不能遲到。」

小主人的請求，讓咕咕鐘一夜失眠。身為時鐘，竟然讓主人在擔心害怕之中度過。他決定要振作，絕不能誤了小主人的大事！

搖著疲憊的鐘擺，拿出在時間管理學院學到的全部技巧，一拍、一拍、一拍……。

天快亮的時候，咕咕鐘的腳步有點亂，加上一夜壓力帶來的緊繃，讓他頭昏腦脹，最後就漸漸慢了下來，又來到他喜歡的五點三十分位置……。

結果當然就是——「啊——遲到啦！」

咕咕鐘被石破天驚的聲音，嚇得慌了手腳，拍子又錯又亂。

小男孩臨危不亂，他以最快的速度套上外套和鞋子、抓起桌上的袋子，留下還在睡覺的爸爸、媽媽，還有追到門口的哈利，就往公車站衝。

一整天，咕咕鐘都在抱歉和悔恨之中擺盪，他終於注意到哈利搔癢的節奏，真的很快。小主人如果沒有趕得上車，回來讓他再嘗嘗快節奏的苦頭，他也願意。

懊惱之中，三萬六千個「抱歉」念完了，終於等到小男孩回到家來，小男孩直接衝進房間，彈了一下鐘擺：

「長官，我到學校的時候，已經遲到一個多小時了！」

咕咕鐘的心，痛了一下。

「但是啊，遊覽車才剛剛來。耶！車子半路拋錨，遊覽公司派另一部車子來。」

小男孩把襪子踢掉，整個人躺在床上，舉手當成手槍，瞄準咕咕鐘：

「哦，好累。咻——嗙！」

咕咕鐘寧願被小男孩多射幾槍，他一定要脫胎換骨、重新作「鐘」！

漸漸的，小男孩遲到的次數越來越少，因為咕咕鐘越走越準確。

這是咕咕鐘最快樂的時光，他從來不知道，「準確」也能帶來快樂。

「長官，明天放兩天假，你可以『隨便走走』就行了！」

只要小男孩這麼告訴咕咕鐘，咕咕鐘就拿出散漫的個性，頹廢的過兩天，他和主人一起睡個夠，然後再好好的工作五天。

從來不準的咕咕鐘，每週有精準的五天，這樣他也滿足了，時鐘嘛，人們常說：總是上緊發條會壞掉的，偶爾也要休息。

5. 返校座談會

返校座談會，這是每個畢業生都要參加的。

當年意氣風發的同學，不知道為什麼，一年之後看起來都滿臉風霜。

來自遙遠長壽森林的時鐘，個個像年紀很大的流浪漢。他們整天聽到的，都是老人的抱怨：

「時間怎麼過得這麼快！」

「滴答滴答，你就不能走慢一點嗎？」

還常有老人用手杖指著他們的鼻子說：「以為我們年紀大了，追不上你的腳步？」

每個時鐘都有一肚子的辛酸，他們不能跟老人家回嘴，只能默默承受。

一個方臉時鐘提出請求：

「院長，我們能不能作一點調整，老人家希望我們走慢一點。」

每個來自長壽森林的時鐘，都一臉盼望的看著院長。

「不行。」院長篤定的拒絕。

一位教授說：「你們忘了我教你們的？不論貧富貴賤，都要同等對待。」

時鐘們低下頭去，不說一句話。

另一批來自童年山谷的時鐘，也有滿腹牢騷。

「你們被年紀大的人罵，罵得值得。我們天天被小孩子吵，才委屈呢！」

一個鑲著藍色邊框的時鐘說：

「我的主人總是這麼說：『跑快一點，跑快一點，讓我長得快一點。』」

一個黃色的時鐘，學著小孩的鼻音，怪聲怪氣的說：「我要叫我爸爸買個時鐘遙控器，把你調快一點！」

其他的時鐘都哈哈笑起來。

另一個淡黃色的時鐘，學著他的小主人說話：「有本事來跟我賽跑，你一定跑不贏我！」

橢圓形時鐘說：「你們算什麼，我的小主人說我走這麼慢，妨礙了她的成長，要我自動辭職！」

童年山谷的時鐘們，也請院長讓他們走快一點，好讓孩子快點長大。

「不行！」院長搖搖頭。

另一位教授說：「怎麼能這樣，人類講兩句話，你們就受不了，時鐘的『精準』到哪裡去了？」

這時，院長把眼光投向咕咕鐘，院長的眼裡，有滿滿的欣慰和期許。

「咕咕，只有你沒有抱怨，你——過得好嗎？」

咕咕鐘臉頰發燙，含糊地說：「好，嗯，很好。」

院長微笑的說：

「根據家庭訪問回來的資料，還有消費者滿意度調查，大家一致認為，你是最盡職的時鐘，讓主人很滿意。」

真的是這樣嗎？咕咕鐘想起他的小主人，想起小主人從來沒有責怪過他，他就滿心的愧疚。

一片抱怨聲浪中，院長要大家安靜，頒獎的時刻到了。

「我要頒獎給我們的畢業生，這個獎，要頒給最優秀的校友……」

冗長的致詞之後，咕咕鐘的身上，被貼上一枚小小的徽章。

徽章上寫著八個紅色的字：「盡忠職守　傑出校友」。

「這——」

咕咕鐘無法相信這是事實，他差一點又亂了拍子。

「長官！」

小男孩把咕咕鐘身上的徽章取下來，別在自己的胸前。

盡忠職守
傑出校友

「我喜歡原來的你！」

小男孩又跟他玩起打仗的遊戲：「嘮！投降！」哈利立刻倒下、咕咕鐘也擺出十一點零五分的投降姿勢……。

暑假來臨了，這個暑假，咕咕鐘沒有一天準確過。

——原載二〇一五年六月《未來少年》第五十四期

編委的話

● **林宜暄：**

這篇文章除了標題有趣，內容也令人出乎意料之外。時鐘不是都要是準的嗎？怎麼還會有「從來不準的鐘」？不過，這是童話故事當然要特別不一樣。還有，我覺得咕咕鐘的主人很棒，就算每次咕咕鐘時間都不準，但他也不會責怪咕咕鐘，因此我覺得別人做錯事不但不要責怪他，反而要為他加油打氣，這樣，他才不會失去信心，擔心做錯被責怪，最後什麼事都不敢嘗試。

● **林宸伃：**

我沒想過不準鐘也會被主人喜愛。而最令我印象深刻的是，時鐘也有學校，還要返校，而不準鐘竟然得到傑出校友呢。

● **鄭博元：**

我從來沒想過鐘不準還能得到讚美，原來，不準的鐘只要搭配適合的人，就能發揮很好的效果。作者透過故事提醒大家，是否一些我們習以為常的事，就應該是那樣呢？

借聲音的小人 ／嚴淑女

◎ 插畫／王淑慧

作者簡介

喜歡孩子純真的心和繽紛的想像世界，目前在臺東美麗的山海之間和一群小孩遊戲、創作。最大的願望是用故事，為孩子彩繪幸福的童年。目前已創作《紋山——中橫的故事》、《拉拉的自然筆記》、《春神跳舞的森林》、《再見小樹林》等三十餘冊。

童話觀

童話是就像一場幻想的遊戲。作家用心聽見別人聽不見的聲音；看見別人看不見的東西；再用幻想的筆，將腦海裡的奇思妙想書寫出來，為小孩彩繪幸福的童年；為大人找回純真的年代，讓大家在幻想的遊樂場裡一起快樂的嬉遊。

「不見了！我的聲音不見了！」

我張大嘴巴，就像池塘裡的金魚一樣，卻發不出一點聲音。

我緊張的跳到爸媽的床上，張大嘴巴，比手畫腳。

媽媽摸摸我的額頭，探頭看了我的喉嚨：「應該是感冒了，我帶你去看醫生。」

醫生幫我量體溫，檢查喉嚨。他露出奇怪的表情：「體溫正常，扁桃腺沒有發炎，聲音為什麼會突然消失呢？」

我的聲音消失了！還是——被偷了!!

晚上，我躺在床上翻來翻去，怎麼樣都睡不著。牆上的咕咕鐘，傳來十二聲「咕咕！」。我知道已經是午夜十二點了。

我躺在床上，睜著雙眼，突然看見一道亮光閃過。我輕輕的轉身，月光照映在妹妹熟睡的臉上。

咦？妹妹的臉上，好像有東西在動。

我拿出舅舅教我做的夜視鏡，對準妹妹的臉看過去。想不到，竟然發現一個穿藍布衣，背小藍布包的小人兒，站在妹妹的臉頰上。

我瞧見小人兒從藍布包中拿出一個玻璃瓶。接著，他用一根細長的吸管，伸進妹妹呼張的大嘴裡，將吸出來的東西放進玻璃瓶中。來回好幾次之後，他將玻璃瓶再放回小布包裡。

小人兒到底從妹妹的嘴巴裡，吸走了什麼東西呢？

我調整夜視鏡，想看得更清楚。但小人兒已經準備從妹妹臉上滑下去。想不到，熟睡的妹妹正好翻身，小人兒在她滑嫩的臉上跌了一跤！

我嚇了一跳，夜視鏡「咚！」一聲，掉在床板上。

小人兒立刻轉頭看了一眼。

我快速撿起夜視鏡，躲進棉被裡，只敢掀起棉被一角偷看。

小人兒緊張的拿出繩子，套住妹妹睡衣上的鈕扣，快速垂降到地板上。

接著，他快速跑到衣櫥旁邊，掀起地板上有鳥頭紋路的那片木板，一溜煙鑽進去。

我快速的溜下床，打開那片地板，只看見一臺小小的車，在黑暗中閃耀著光，沿著地下軌道快速離去。

「哇！沒想到我們家的地板下，竟然住著小矮人！」

隔天早上，每天起床總會發脾氣的妹妹，揮舞著雙手，卻發不出一點聲音。

「我知道了！那個小人兒一定用吸管，把我和妹妹的聲音偷走了！」

下次再讓我遇見這個小人兒，我一定要把聲音要回來。

可是，我連續等了三天，小人兒都沒有再出現。一直到第四天，我實在太想睡覺了，等我醒來，已經過了午夜十二點了。我打了一個大哈欠，發現——我的聲音回來了！

我高興的大喊一聲：「喔！耶！」

我衝到妹妹的床邊，正好看到站在妹妹臉上的小人兒，從小布包中拿出玻璃瓶。

我睜大眼睛看著他，小人兒轉頭看見我，一時慌了手腳，把瓶子全混在一起了。

他緊張的將吸管插進其中一個瓶子，再快速的將吸管伸進妹妹的大嘴裡。妹妹被吸管戳到，大喊了起來，可是從她口中發出的，竟然是鴨子的嘎嘎聲。

小人兒急急忙忙捉緊袋子，快速的滑到地板上，他正要掀起鳥頭紋路的木板時，被我用手指擋了下來。

「別跑！你這個偷聲音的小賊。」我把他捉到手心上。

小人兒一邊扭動、一邊喊：「我是來還聲音的！都是你，害我還錯了！」

「還聲音？」我看著發出嘎嘎聲的妹妹，覺得很奇怪。

小人兒打開藍色布包：「我們是借聲音的小矮人，負責完成借音者的願望，這些都是我借來的聲音。」

我看見一排排貼著標籤的玻璃瓶，上面寫著我的名字、妹妹的名字，還有鴨子、小狗、小鳥的聲音……。

「哇！原來是你用吸管把我和妹妹的聲音吸走了。」

「沒錯。你看，這是小狗的借音單，牠想要借你妹妹妮妮的聲音。」小人兒給我看他手上的借音單。

「一隻狗要借女生的聲音？這太奇怪了吧？」

「汪汪原本是一隻流浪狗，好心的奶奶收留牠。奶奶年紀大了，眼睛也慢慢看不見了。她總是說，好想再聽聽心愛的小孫女唱歌。所以汪汪拜託我幫牠借小女孩的聲音，牠想唱歌錄下來，送給奶奶聽。」

「那你怎麼知道要借妮妮的聲音？」

「每次借聲音，我們都會在電腦裡建立聲音資料庫，比對之後，我發現妮妮的聲音和小孫女的相似度有百分之九十。」小人兒驕傲的說。

「哇！真厲害！那汪汪錄下的歌，一定讓奶奶很開心。」我第一次覺得有聲音真好。

「那為什麼妮妮的聲音會變成鴨子聲呢？」

「我今天是來還聲音的，想不到卻被你嚇了一跳，害我拿錯瓶子，才會把鴨子的聲音放進妮妮的嘴裡。」小人兒抱怨的說。

「那現在該怎麼辦！」

「別擔心，等妮妮睡著，我再來還一次就好。」

「那我也可以借聲音嗎？」

「不行！人類已經被永久取消借音的資格了。」小人兒嚴肅的說。

「為什麼？」

「誰叫你們人類犯規，用借來的聲音做壞事，造成世界大亂。從此之後，我們就不再幫人類借聲音了。」小人兒氣呼呼的說。

「對不起！」

「沒關係，我的偵測器顯示你是善良的人類。而且你的聲音幫助小老鼠完成了夢想。」

「什麼夢想？」我很好奇。

「小老鼠的夢想是參加馬拉松比賽。他每天在洞裡，聽到你練習運動會比賽項目時，一直喊：『我一定可以做到！』所以他借了你充滿勇氣的聲音，對自己大聲說：『我一定可以做到！』他昨天終於完成夢想了。」

小人兒給我看小老鼠戴著獎牌，一臉開心的照片。

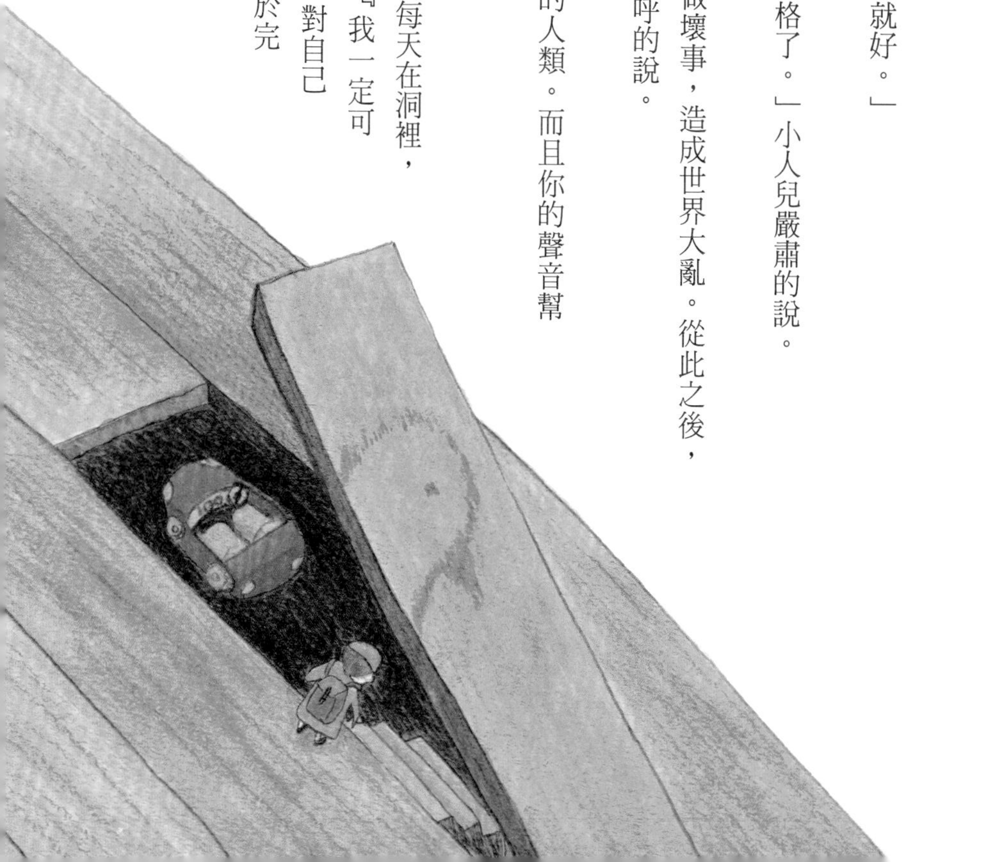

原來鼓勵自己的聲音，還能幫助別人，聲音真是太奇妙了。

小人兒看了看手上的錶：「啊，我該回去了！」

我把小人兒放到地板上，幫他打開有鳥頭紋路的地板。

小人兒坐上小車，打開車頭燈，燈光讓隧道變成一條銀色的小路。

「嘿，你叫什麼名字？我會再見到你嗎？」我探頭問。

「我叫星兒。如果有動物需要你的聲音，我們就會再見面！」

星兒對我揮揮手。

「下次，我們要一起用聲音，讓世界變得更美好喔！」我相信我很快就會再見到星兒了。

——原載二〇一五年八月《未來兒童》第十七期

編委的話

●**沈世敏：**

故事中的小人把別人的聲音借走，不說一聲，主角覺得很好奇，決定一探究竟，結果是有動物把聲音借走了。這文章有點可怕，又帶點趣味，讓我一看，就想繼續看下去呢！

●**林宜暄：**

看完這篇故事，我一直在想，那個借聲音的小人到底是好還是壞？因為每次那個小人向人類借聲音，都沒有徵求同意就擅自拿走，可是，他們這麼做，也是為了幫助那些小動物完成心願啊！不過，我覺得結局還滿好的，因為小人誠實的把原因告訴主角，否則我覺得故事篇名就應該改成「偷聲音的小人」了。

● **鄭博元：**

「借聲音的小人」，顧名思義，是一個大壞人，是來偷聲音的，但是萬萬沒想到，小人借聲音，是為了幫助人。如果現實的世界，真的有借聲音的小人，那就會天下大亂了，例如：明天有演唱會，但是歌手的聲音被借走了，那該怎麼辦？所以借聲音前，還是要先徵求當事人的同意，會比較適當。

卷四

從時光機來的童話

門神寶貝 ／賴曉珍

◎ 插畫／李月玲

作者簡介

淡江大學德文系畢業，高中時就想成為童書作家。寫作超過二十年，已出版童書二十餘本，並有韓文版和簡體字版。曾獲金鼎獎、開卷年度最佳童書獎、九歌現代少兒文學獎、國語日報牧笛獎、好書大家讀年度最佳童書等獎項。

童話觀

童話是自由的，它可大可小，可長可短，可方可圓，可可愛可詼諧。童話也有它的責任。我認為好的童話必須好看，並具有閱讀後被思考的延伸意義，因此我期許自己的作品質重於量，希望讀者讀完後心中能留下懸念，思考到什麼。

門神逛動物園

張奶奶家大門前貼著一對門神，左邊黑臉的叫尉遲恭，右邊白臉的叫秦叔寶。這兩位門神平日看門，每個星期天都會輪休。說是輪休，其實也沒什麼特別的事，常常是尉遲恭休假時講笑話給秦叔寶聽，秦叔寶放假時唱歌給尉遲恭解悶。

這個星期天不一樣。

秦叔寶喜歡偷翻信箱的廣告信，知道很多流行訊息。他對輪到休假的尉遲恭說：「聽說鄰市有一座歷史悠久的動物園，你要不要去瞧瞧？」

「動物園？算了吧，那些狗啊、貓的，我每天守門時見多了，沒興趣。」尉遲恭打了個大呵欠。

「動物園裡不只有狗和貓，還有很多其他動物，好比、好比……」秦叔寶從沒去過動物園，這下舌頭好像被夾住，講不出話來。

「你想，我們天庭裡的龍啊、鳳凰和麒麟，那兒有沒有？」

「對、對、對，龍、鳳凰和麒麟。你記不記得，五百年前八仙養了隻麒麟，超可愛的，見了誰都撒嬌，還會表演前滾翻、後滾翻、撿飛盤和跳火圈，牠叫小、小……」

「小麒。」

「對，小麒。」秦叔寶說：「廣告單上寫著，園裡什麼珍禽異獸都有。你去了動物園如果見到小麒，或是小麒的哪位親戚，記得幫我打個招呼。」

「沒問題。」樂於跑腿的尉遲恭說：「我一定將你的問候送到。」

尉遲恭到了動物園，看見外頭的人群隊伍排了一圈又一圈，心想，這些人大概是為了看麒麟吧。

他瞄準縫隙硬擠進去，後面的人用力推他說：「不可以插隊！黑臉的，照規矩來。」

原來這只是為了買門票而排的隊。聽說園裡最近來了一位稀客，很多人遠從外地來，推擠搶拉，就是為了要看牠。

尉遲恭想了想，那就更加肯定是麒麟：「只有天庭動物才有這麼大的魅力！」

為了跟人群爭先，他差點擠破最近才配的眼鏡。

好不容易輪到尉遲恭買票時，他掏了掏口袋，發現忘了帶錢包。

「下次來一起給，行嗎？」

「不行。」售票小姐說：「你身高超過一百一十公分，年紀看起來不滿六十五歲，不能讓你免費入園。」

尉遲恭告訴她，自己已經超過一千歲了（一千歲以後的年紀他就不記了），但是小姐根本不理會，還趕他走，急著要賣票給下一位。

怎麼辦？現在搭公車回家拿錢包再來，天都黑了。

尉遲恭想，不如找園長商量，說想免費打工，不就可以進園裡看動物了？

園長果然好說話，今天假日遊客多，偏偏有三位工作人員鬧腸胃炎請假，正缺人手呢。這個戴眼鏡的黑臉大鬍子來得好，而且他身穿獅面鎧甲，很有娛樂效果，一定能吸引小朋友。

「你先去打掃獅子籠。」園長丟給他一支竹掃帚和畚箕。

「那個……珍禽異獸……什麼稀客的，不需要先打掃牠的籠子嗎？」尉遲恭好奇的問。

「不用啦，那是外國隨行飼育員的工作。」園長看都不看他。

尉遲恭進了獅子籠。這要換成平常人早就嚇死了，但是尉遲恭連鬼都不怕，何況只是一隻大貓。

「唉……」大貓，喔不，獅子嘆氣說：「怎麼回事啊？自從園裡來了那位稀客後，我這個百獸之王的地位突然一落千丈，現在竟然還找個醜八怪來幫我打掃籠子？難不成那些帥哥美女，都去服務外國來的寶貝啦！」

「醜八怪？」尉遲恭跳起來說：「我可是天庭第一美男子呢！倒是你自己好好檢討，身為百獸之王，遇到點小挫折就灰心喪志、無精打采，成何體統？」

「有什麼辦法。」獅子說：「我從小在動物園裡長大，習慣了掌聲和閃光燈。現在觀眾跑了，我就沒元氣了。」說著快哭了。

「哎呀，我最怕眼淚了。」尉遲恭丟下掃帚和畚箕說：「算了，我來幫你吧！」

他似乎將珍禽異獸，和秦叔寶的問候都丟到九霄雲外了。

「你說以前是這座動物園的超級明星，那你會什麼？」

「我會……」獅子歪著腦袋思索說：「我什麼都不會，我就是我，一頭獅子，光這樣大家就愛看呀。」

「不行、不行。」尉遲恭說：「原來你什麼本領都沒有，難怪外國勢力一來，你毫無競爭力，一下就被淘汰了。嗯，想想看，我能教你什麼把戲……」

尉遲恭眼珠子轉了兩圈說：「你會說相聲，或是數來寶嗎？」

「『象』聲，那是大象說的，我只會獅吼。至於『耍寶』，嗯……四腳朝天在地上打滾算不算？對了，我還會打全世界最大的呵欠……」

「不行，你太遜了。」尉遲恭說：「再跟你耗下去，天都黑了，我還有重要任務在身呢。這樣吧，我先去排隊看那位外來的稀客，將秦叔寶的問候送到，順便打聽對方有什麼了不起的本領，能夠擠下你成為動物園的王牌巨星。」

「那你趕快去，我不送了。」

「對了，我的工作還沒做完。你自己打掃環境喔！」

「知道啦，掃地我還行。快去打聽吧！」

五個鐘頭後，尉遲恭總算在動物園關門前趕回來了。為了看稀客，光排隊就花了四個鐘頭又五十分鐘。

只見他臉色鐵青，黑臉更難看了。

「怎麼，見到對方了嗎？」獅子問：「是你說的那個什麼『麒』的嗎？」

「不是小麒，也不是牠的哪個親戚。」尉遲恭說：「秦叔寶弄錯了。」

「那……對方有很多拿手本領嗎？什麼『象』聲、『耍寶』的？」

「牠什麼都不會。」尉遲恭說：「想不到，外來的稀客竟然是一隻蜘蛛。」

「蜘蛛！」獅子跳起來大叫：「你是說，每天有成千上萬的人排隊擠進動物園，只是為了看一隻在牆上亂爬的鬼東西？」

「沒錯，但那不是普通蜘蛛，牠是非洲來的。」

「我雖然在動物園裡出生，但爸爸媽媽也是非洲來的呀！」獅子不服氣的說：「快告訴我，牠哪裡了不起啦？我好學習一下，贏回動物園王牌巨星的地位。」

「唉，」尉遲恭說：「你贏不了啦。老實說，那傢伙連在地上八腳朝天打滾、打呵欠和掃地都不會。牠只有一點了不起，牠是全世界僅剩的一隻什麼……對了，九彩變色蜘蛛。至於你，應該不是世上最後一隻獅子吧？」

「我？」獅子愣了一下說：「大概……只能算是保育類動物……」獅子的聲音愈來愈小。

「物以稀為貴嘛。」尉遲恭說：「這不是你的錯，別太難過了。」

那天離開動物園後，尉遲恭沿路看沿路數，現在還有多少人家門上貼門神的。

最後，他得到一個結論說：「看來，我和秦叔寶還不算稀有動物。不曉得這是不是好事呢？」

門神瘋扭蛋

說到另一位門神秦叔寶，他最近迷上了轉扭蛋。這一切都怪巷口便利商店在外頭擺了一臺扭蛋機。

「真有意思，凡人的鬼點子真多，哪像咱們天庭什麼都沒有。下次開會時記得跟玉帝建議一下。」

秦叔寶把玩著手上的美人魚塑膠玩具：「你看，外國玩意兒，人還長魚尾巴呢，有趣吧？」

尉遲恭對這種小孩玩具沒興趣，打了個大呵欠說：「老兄，我不反對你培養新嗜好，問題是你常常蹺班去轉扭蛋，這習慣不太好喔！」

「我正在收集什麼『安土生』的童話系列啦，全套五個玩具。我已經有美人魚、拇指姑娘、小錫兵和賣火柴的女孩，就缺那個什麼醜鴨子，一直轉不到。」

「你是天神耶，難道不能施展神力，轉出自己想要的扭蛋嗎？」

「不行！這是作弊。」秦叔寶表情嚴肅的說：「你不懂，扭蛋的樂趣，就在不知道自己會轉到什麼。運氣好，還能轉到『隱藏版』，那可要放三天鞭炮了。」

「瞧你說得那麼誇張，一千多歲的人了，還跟三歲小孩一樣傻。」

尉遲恭嘴巴這麼說，心裡卻忍不住好奇。他想，哪天也去丟錢轉顆扭蛋玩，試試手氣。

那天午後，才剛下完雨，立刻又出大太陽，又溼又悶，令人難受。尉遲恭突然想吃紅豆牛奶冰棒。

「我去前頭便利商店買冰棒，你要不要也來一根？」

「幫我買粉粿紅豆冰。」秦叔寶擦擦額頭上的汗水說：「天神真不是人當的，再悶都還要穿一身虎面鎧甲。」

尉遲恭買了兩枝冰棒，結完帳，店員小姐跟他說：「今天店裡有活動喔，買兩件商品，可以轉一次扭蛋。」

「啊！有這麼好的事？」

尉遲恭拿到一枚代幣，丟進扭蛋機投幣孔，旋轉開關，「喀嚓！」掉出一顆塑膠蛋。

「喲！就是這個小東西，害我的秦兄弟掉入深淵，每天都荷包空空的才回來。」

尉遲恭打開扭蛋一看，哇，裡頭有個彩色塑膠玩具。

「這是抓鬼天王鍾馗嘛，做得這麼可愛，哼！根本不像他。」

扭蛋裡頭還附一張說明書。

「哦！原來是暑期中元特別版，扭蛋天神公仔，全套十二個。哈哈，這好玩！就扭一套回去送秦兄弟吧，保證他嚇一跳。」

店家只送一枚代幣，尉遲恭只好掏出六百塊，到店裡換了十二枚五十元銅板。

哪知，扭蛋機可是很狡猾的玩意兒，你原以為用十二枚銅板，可以轉出十二個不同的玩具，結果卻總是轉到重複的。

不曉得是不是農曆七月的關係，尉遲恭不停轉到鍾馗公仔，讓他對這個也是黑臉的天神火大了起來。沒多久，他又進店裡換了十枚五十元銅板。

店員小姐數著銅板，不高興的說：「銅板都被你換光了。沒有下次嘍！」

尉遲恭一聽，黑臉漲紅了。他想，誰會運氣那麼差啊？這次非扭齊十二個天神玩具不可。

尉遲恭耗了整個下午跟扭蛋機搏鬥，滿地散落著塑膠蛋殼、說明書的紙片，還有各式天神玩具：玉皇大帝、財神、城隍爺、註生娘娘、濟公、月老、觀世音菩薩……，唯獨少了一尊。

其他想轉扭蛋的孩子都生氣了，更不用說還有一群拿贈品代幣的顧客在排隊。

「怎麼玩那麼久？算了，去別家吧。」大家的臉都臭臭的。

十枚銅板一下子就用完了，尉遲恭只好到隔壁的小吃店去換錢，然後又到隔壁的隔壁的美容院換，再去……。他的荷包愈來愈「瘦」了。

都傍晚了，尉遲恭還遲遲不歸，秦叔寶只好蹺班去找他。

「尉兄弟，你在做啥？冰棒都融化成熱湯了，你還不回來？」

尉遲恭不好意思的說：「我在扭天神玩具，只缺一個，怎麼也轉不到。」

他大概急了，轉得太猛力，「喀」的一聲，扭蛋機好像壞了，動都不動。

「慘啦！」尉遲恭只好脹紅著臉進去告訴店員小姐，扭蛋機吃了他的銅板，卻沒吐出扭蛋。

小姐臉色很難看，好像在說，這個黑臉大鬍子玩了一下午扭蛋，還弄壞了機器，真是煩死了。

「你是不是重複投幣？還是轉得太用力了？」

「唔……我不確定，好像都有吧。」

小姐只好拿出鑰匙，打開扭蛋機，想辦法東摸西弄，怎麼也修不好機器。店裡還有顧客排隊等著結帳，她也急了。

「算了，銅板拿不出來，欠你五十元，你乾脆自己挑一個吧。」

小姐讓開一邊，讓尉遲恭自己拿。

「哇！這麼好。」

連一旁的秦叔寶都羨慕得眼紅。

尉遲恭的手伸進扭蛋機，稍稍施展神力感應，立刻挑出一顆夢寐以求的扭蛋。

那天夜裡，秦叔寶問尉遲恭：「轉扭蛋好玩吧？」

「好玩是好玩，但是下不為例，以後不玩啦，既花錢又浪費時間。」

秦叔寶的扭蛋玩具收藏品，又多了一套天神公仔。他認為其中最帥最酷的，是尉遲恭最後「挑」到的那個黑臉門神。

「怎麼轉，就是轉不到它，好神！」尉遲恭喃喃嘀咕。

「真像你呢。」秦叔寶把玩著手上的黑臉門神玩具，哈哈笑說：「不愧是天庭第一美男子。」

第二天，便利商店門口的扭蛋機，投幣孔被膠帶封住，貼上了「故障」的紙條。

「對不起喔。」尉遲恭跟秦叔寶說：「害你最近不能轉扭蛋了。」

「……」

上班時間又到了，兩個門神寶貝不再說話，大眼圓睜，認認真真守護張奶奶的家。

——原載二〇一五年一月《未來兒童》第十期

編委的話

● **沈世敏：**

大家看到門神，一定會想到老房子或寺廟等建築門上的那兩位吧。可是，故事中的門神竟然輪休呢，而且還可以去動物園玩，其中的黑臉更將便利商店的扭蛋機弄壞了，好有趣。

● **林宜暄：**

我看了這篇童話很多遍，每次看完的感受都很不一樣。故事分成許多部分，其中，我最喜歡的是「九彩變色蜘蛛」；故事前面，說到有位「稀客」來了動物園，所有人都搶著去看，當時我很好奇，到底是什麼動物，會有那麼多人想看呢？貓熊？麋鹿？還是……沒想到結果出乎意料之外，竟然是蜘蛛！我不懂，蜘蛛有什麼稀奇的，到處都有啊，但後面說到，那蜘蛛是九彩變色蜘蛛，只有一隻，才會吸引那麼多人。再加上故事結尾令人訝異，更加深我的喜愛。

● **鄭博元：**

這篇童話非常有趣，表現出過去時代的門神，對現代社會事物的好奇，更因不熟悉而產生種種有趣的狀況。後來，秦叔寶竟然沉迷於扭蛋，真是不能理解。我覺得作者可以將過去和現在巧妙結合，實在厲害。

李白要好好讀書 ／王文華

◎ 插畫／劉彤渲

作者簡介

白天上學當老師，晚上回家寫童話。曾得過金鼎獎、牧笛獎等獎項，出版《可能小學的歷史任務》、《我的老師虎姑婆》等書。

童話觀

我的手機響了，是個沒看過的號碼。

電話那頭是個外星人：「地球人，什麼叫作童話？」

我告訴他，你打電話來這件事就很童話。

他很開心，開著飛碟回去告訴其他外星人：「好好玩，我只打一通電話就是童話耶。」

七月十五，神話小學的圖書館搬新家。

太破太舊的書不能去，送上大卡車，準備載去回收。

天空烏雲密布，雷聲隆隆，一陣風吹，把最上頭的《唐詩三百首》吹開來。

那本書，太老舊，脫了線的書頁滿天飛。

飛飛飛，有的飛到池塘，有的飛進操場，還有一頁，溜進教學大樓長長的走廊。

滋啦，砰啦~外頭閃電一陣又一陣。

砰啦，一個閃電，恰好打在那張薄薄的書頁上。

滋啦啦啦，閃電持續不斷。

砰啦砰啦，書頁不停的跳動。

直等到閃光雷聲隆隆後，好久好久，悄無人聲，安安靜靜。

然後，一陣奇怪的聲響從書頁裡傳來，苟伊苟伊，唉呀，那是一頭驢子，牠從書頁裡擠出來。

驢子小小亮亮，被風吹一吹，長大了，銀亮的驢背上坐個白髮白鬍子老公公。

老公公伸伸懶腰：「唉呀，困了這麼久，我的老骨頭喲~」

因為放了學，走廊裡只有驢子卡達卡達的聲響。

長長的走廊，掛滿小學生的書法作品。

寫的是紅豆生南國，春來發幾枝的詩。

老公公搖搖頭：「字太醜了。」

有的教室外頭，貼了孩子們寫的作文。

寫的是九族文化村遊記、最難忘的一件事。

老公公都把鬍子氣得翹起來了：「水準太差了。」

「這種私塾也敢收學生？」老公公不曉得在對誰發脾氣，騎著驢子卡達卡達快走。

走呀走，他發現一間廁所。

洗手臺壞了，校工阿強正在修水龍頭。

壞了一天的水龍頭，滴滴答答漏水，阿強修了那麼久，額頭滴下的汗水，也是滴滴答答。

阿強擦汗的時候，恰好看見老公公。

「那些字是你寫的？」老公公還在生氣呢，「你寫那麼醜的字，也能教書？」

「我……」阿強腿在發抖，他沒見過全身發光的人呀？

「你怎麼當老師的？我問你話呢。」老公公氣得把尖牙都露出來了。

「鬼……鬼呀。」

「我不是鬼呀，我是李白，寫詩的李白。」老公公解釋，阿強沒聽到，他跑得太急，工具嘩啦啦丟了一地。

「這種老師，太可笑！」

書頁裡來的李白騎著驢子，走到了三年二班前面。

這一班有音樂，那是將軍令的曲子。

年輕的蔣老師，正在改作文，紅筆在簿子上飛舞。

一行二行三行四行。

一本二本三本四本。

改久了，眼睛累，她正想伸展一下手腳，突然發現，面向走廊的窗戶，清楚的出現一團霧氣，一頭泛著光亮的驢子盯著她，驢子上還有個白臉白髮白衣服的老公公。

「你……你……」蔣老師眼睛睜得很大。

李白更生氣了：「連姑娘都來教書？這是什麼時代呀？」

蔣老師結結巴巴：「二……零一五年……」

「妳懂詩呢？」李白問。

蔣老師嚇得直搖頭。

「妳會寫詩呢？」

蔣老師嚇傻了，竟然點點頭。

「那妳寫，寫一首五言絕句，一三五不押韻，二四六押韻，以明月為題，就押個四郎韻好了。」

「啊？」蔣老師這會兒不知道該搖頭還是點頭。

「哈哈哈哈，嚇倒妳了吧？」老公公長長的舌頭伸出，啪的一聲打在窗戶上，啊，那是一隻倒楣的蚊子。

「鬼～」蔣老師再也忍不住，咚的一聲，暈倒了。

李白得意的說：「假冒書生，哼～驢兄，我們走吧。」

驢子叫了一聲，走不動。

不是驢子走不動，是一個小孩拉著驢尾巴，不讓驢子走。

「你不能在我們學校騎馬。」

「這是驢子，不是馬，你怎麼連這個都不懂？」

「你是誰？」

「說出來，嚇死你，我是李白。」

小男孩沒被嚇死，因為他沒聽過李白。他問：「你是不是偷了我的書包？」

這孩子叫作黃天保，貪玩，放學留在校園玩，天黑回到家，才想起書包忘在學校。

李白覺得很好笑：「我不偷人家的書包。」

「你能不能幫我找書包？」天保問。

李白拍拍手，一盞油燈飄出來，昏昏黃黃的燈光，照得校園裡一片悽慘，他很得意：「厲不厲害？」

「你那個光太弱了。」

黃天保拿出手電筒，按下開關，強光照得李白睜不開眼睛。他這裡照照，那裡照照，很快就在操場邊找到書包。

「我回家了，拜拜。」

李白不放他走：「孩子，我是李白耶，你可以求我一點什麼呀？」

黃天保想了想：「求什麼？」

「我會寫詩寫文章，是唐朝第一大詩……」

「那太好了。」黃天保說，「你幫我寫作業。」

「包在老夫身上。」李白打包票，他是唐朝大詩人，來寫作業雖然大材小用，但是為了讓黃天保佩服……

「哪！拿去。」黃天保把數學考卷遞給他，「四則計算，我一直弄不懂。」

哥哥用四十八元買六枝鉛筆；再用七十二元買三枝原子筆。如果買一枝鉛筆和二枝原子筆，付一百元，應該找回多少錢？

李白看了很久很久很久很久……

「到底多少？」黃天保問。

「嗯……這個呀……」十幾題的題目，李白沒一題弄得懂。

「你不會？」

李白說：「這是商鋪伙計的事，我寫詩都沒時間了，哪能浪費精力在這裡呢？」

「不然你幫我寫英文好了，這些題目要翻成中文。」

「英文？」

「對，英文。」

李白搖搖頭：「蠻夷之邦的話？堂堂天朝子民，等著各國來朝，豈可……」

「意思是你連英文也不會？」

李白退了一步，那層銀光黯淡了些，身體好像變小了。

「社會呢？我們在教清朝。」

「清朝？」李白又搖頭了。

「對厚，清朝好像比唐朝更後面。」

李白更小了，驢子跟小狗差不多大。

「自然呢？你知不知道水的三態變化？」

「三……三態？」李白又退了一步，人跟好神公仔一樣高。

「對呀，就是冰呀，水呀和水蒸氣？」

「人家……人家不懂……」李白說到這兒，竟然嗚嗚嗚的哭了起來，好像被黃天保欺負了。他一哭，身體就溼了，黃天保揉揉眼睛，他看到老公公的身體變薄了，看起來就像一張……一張紙。

沒錯，那只是一張紙，紙上有首詩，〈靜夜思〉。

床前明月光，疑是地上霜；
舉頭邀明月，低頭思故鄉。

旁邊寫著唐朝李白……

「你真的是李白耶，」黃天保想到一個好主意，他把紙撿起來，「我把你夾在百科全書裡頭，從今天開始，你要好好讀書，等你整本書讀完了，以後就可以幫我寫作業了，知不知道？」

——原載二〇一五年七月二十八～二十九日《國語日報・故事版》

編委的話

● **林宜暄：**

李白是一位鼎鼎大名唐朝詩人，讀過非常多的書，怎麼還會要他好好讀書呢？看到後面，我才曉得是《唐詩三百首》裡的李白，從書本裡跑出來，因為以前古代沒教數學、自然等科目，所以他根本不懂這些知識。李白從唐朝來到現代，結果最後竟然是被夾進百科全書裡面，很特別。

● **林宸伃：**

從書裡飄出來的李白，都不了解現代，發生了許多好笑的事情，不但在學校騎驢子，還被一位學生考倒了……，這篇描寫李白來到現代的趣事，是篇好笑又有趣的童話。

● **鄭博元：**

原來以前那個時代，只要會寫詩，就是個很厲害的人了！不用寫數學、英文、生物等課業。作者藉由鬧鬼的故事，告訴我們現在跟古代的差距很大，人們所學不一樣，李白寫詩很厲害，我們數學很厲害，大家各有特長。

巫婆放假去

／林安德

◎ 插畫／劉彤渲

作者簡介

因為平凡，自己的事就不多說。只希望各位讀者們，好好享受作品，讓故事和大家對話！

童話觀

能夠開啟想像的另一扇窗是什麼？可以讓兒童在童趣中翱翔的是什麼？完成創意舒展的空間，製造歡笑的回憶，又是什麼？

童話，就是其中之一。

1. 巫婆忙碌的一天

告訴你，大家都不知道巫婆是一位實力派演員，更不知道巫婆有多忙！真的，巫婆很忙！每天要一直趕場拍戲，從一個故事到另一個故事中交互奔波，很累人的啊！

你不相信？就讓你看看巫婆的行程：

早上六點：起床化妝，把自己弄得美美的，準備騎著掃把「飛輪二〇一四」去白雪公主的家，好好的扮演一位美豔的後母。

早上七點：把魔鏡擦亮，叫他起床，然後問一個大家都知道的問題：「我是不是世界上最美麗的人？」

早上八點：想想還有沒有事情要忙（對了，要吃個早餐），準備起身去睡美人的國家，念念打一百年瞌睡的咒語。

早上九點：喘口氣，補個妝，從容不迫的開始精湛的演技：「……從此公主將會沉睡一百年……喔呵呵呵……」

上午十點：繼續趕場，到「迷路」森林的深處，布置糖果屋，再補一補昨天嘴饞偷吃掉的屋頂。

上午十一點：趕回白雪公主的家，變身成為「white皇后」，陪國王談天。
中午十二點：想休息了嗎？不行，吃完飯還得繼續去研發新型毒蘋果「二〇一四超紅超大超甜一號」。
下午一點：跑到鄰國去，把王子變成青蛙，再帶去公主的後花園，讓公主的球打到青蛙王子。
下午兩點：深深的吸一口氣，準備……下海去……當小美人魚的心理諮商老師，還要把握時間做出另一瓶「愛你在心口難開二號」！
下午三點：催眠小美人魚：「快吧！喝下去就能和妳心愛的王子長相廝守了。」
下午四點：上岸勾引王子，還要故意讓小美人魚看到。
下午五點：回去七矮人森林，拿出「二〇一四超紅超大超甜一號」，讓白雪公主當點心。
傍晚六點：拚命趕場，到「迷路」森林，放出雪白小鳥「白拋拋」，讓喬治&瑪莉看見，帶他們到糖果屋。拿出最香最甜的小點心，引誘他們，「好好吃啊，要不要來幾塊？」
晚上七點：回白雪公主家，洗手作羹湯，陪國王吃飯。
晚上八點：陪陪在後花園偷偷哭泣的灰姑娘（因為仙女去喝喜酒了，今天請巫婆代班）。然後變出一套禮服、玻璃鞋、華麗的馬車和隨從。
晚上九點：快速變身為「慈祥老婆婆」，回到糖果屋給兩兄妹吃香噴噴的宵夜，一邊吃一邊溫柔的哼唱安眠曲。

晚上十點：保養維修「飛輪二〇一四」（畢竟整天都飛來飛去的，不好好照顧一下，改天故障就變成高空彈跳了）。

晚上十一點：超速駕駛趕到中國，「虎姑婆」來了！

晚上十二點：別忘了今天幫仙女代班，要去把禮服、馬車等等收回來了，當然還得留下一隻玻璃鞋。

忙了一整天，終於可以回家休息了！睡前看看明天的行程；明天的行程是——「二十四小時死亡之旅」！

這就是巫婆的一天，你還敢說巫婆不忙碌嗎？

2. 巫婆難為，難為巫婆

你知道的，實力派演員總是比較苦命；長相不夠偶像的，只能當搞笑藝人或反派角色。就算有三分姿色，但是不夠柔弱，就要從「white皇后」這一類的角色開始演起。偏偏巫婆外貌與實力兼具，獨立而堅忍不拔！所以巫婆一直是「white皇后」的不二人選。因為扮演「white皇后」太成功了，讓大家以為巫婆本來就是「white皇后」的個性，常常要受到許多路人的指點與白眼；就連罵人時，也是用「white皇后」來當成差勁的代表。記得有次公主惡作劇捉弄國王，公主就被國王責罵：「你怎麼可以像『white皇后』一樣做人厭的事？」

更別提故事中被「卡」掉的片段了！有時候王子太入戲，真的以為巫婆把他心愛的白雪公主毒死了。巫婆才剛出場，王子就十步變一步的向前揮劍追趕著巫婆，故事不趕緊喊「卡」都不行。每次都要動用十個人拉住王子，要王子別衝動，故事才能順利發展。

最重要的是，大家都認為如果巫婆不死，就無法讓大家有個「快樂的結局」。

所以，巫婆就有「二十四小時死亡之旅」——「除掉巫婆之後，王子英勇的拯救了公主……」、「巫婆死掉了，睡美人終於醒了，全國上下也跟著恢復了生氣，熱鬧活潑起來……」、「當巫婆被烤熟之後，喬治&瑪莉兩兄妹帶著滿滿的食物及巫婆的寶物，和父親快樂的回家……」、「終於沒有巫婆了，從此大家能過著幸福快樂的日子！」

你想想，一天要死去活來折騰個十幾次，真是夠煩的！

咦？你認為「二十四小時死亡之旅」對巫婆而言，是最難受的嗎？才不是呢！巫婆最受不了的，是被小朋友們討厭啦！偷偷告訴大家，巫婆其實很喜歡小朋友的！據巫婆透露，她最開心的時候，就是和喬治&瑪莉一起在糖果屋度過的日子（你別誤會，這不是指等養胖喬治後，可以大快朵頤的那一種期待與快樂……）。沒人知道當巫婆被推入火爐時，她只要一想到必須和喬治&瑪莉分開，就在火爐裡淅瀝嘩啦的嚎啕大哭這件事呢！

唉，所以說巫婆難為啊！

3. 巫婆放假去

經過幾百年的勞碌奔波與盡情使壞的為難後，巫婆真的累了。在一個失眠的夜裡，巫婆決定放自己一個長假。

規劃一下要去哪些地方好了；首先，要去有陽光、海灘、大帥哥的夏威夷，做個日光浴，好好的放鬆自己。接下來，到一望無際的大海去賞鯨，結束後順便去和北極熊打個招呼……，還有還有，當然要去兒童樂園；兒童樂園有最多小朋友的美好笑容了！而且去兒童樂園，就算錢花光了，巫婆還可以去鬼屋打工！至於休息睡覺的地方，就去月球的「人類的一大步」旅館吧！保證安靜無人聲喧鬧，而且老闆阿姆斯壯又很親切呢！

可是一個人出去，好像太孤單了一點……，找個伴兒吧！只是該找誰呢？王子要陪他的公主，喬治&瑪莉要和親愛的爸爸去野餐，就連國王也得盡一國之主的責任，守護他的城堡。想了又想，巫婆都快睡著了，還是想不出來。

「嗷嗚～～」野狼的叫聲劃破寂靜夜晚，驚醒了巫婆。巫婆忽然靈光一閃：「對啊！我可以找『野狼一二五中隊』陪我一起去啊！」

你一定不認識「野狼一二五中隊」，跟你說吧！「野狼一二五中隊」，是由「阿野」、「阿狼」與「一二五」組成的；阿野是小紅帽裡的主角，阿狼是七隻小綿羊的主角，而一二五是隻體重一百二十五公斤的大肥狼。

這時你心裡大概會覺得很奇怪，一二五又肥又胖不上相，跑也跑不快，到底能做什麼？你眼睛咕嚕咕嚕的轉呀轉，想不出來吧！

其實一二五是「專職」的替身啦！你眼睛瞪得更大了：那麼胖怎麼當替身？

你忘了小紅帽剪開大野狼的肚子，救出祖母，和羊媽媽剪破大野狼的肚皮，救出七隻小綿羊這兩幕嗎？對啦，你想除了一二五，還有誰能夠有那麼大的肚皮？

隔天，巫婆馬上去找「野狼一二五中隊」，問問他們想不想放個假，好好的去休息一下。「野狼一二五中隊」也演得累了，他們也想好好的休息。尤其是一二五，一說要放假，一二五第一個舉雙手贊成。他說：「每次當專職替身被羊媽媽推下水，還要過很久才能浮起來，不知道胖子潛水特別辛苦嗎？想到就一肚子氣啦！」

巫婆寫請假單給每一個故事王國，告訴大家巫婆和「野狼一二五中隊」一起放假去了！

4. 沒有巫婆的日子

當故事王國都收到巫婆的請假單後，一開始大夥兒覺得沒有什麼大不了，更覺得少了巫婆，故事反而美好。

但原本的故事，卻因為巫婆放假而變得不一樣了！

首先是白雪公主。因為國王一直找不到適合的「white皇后」，沒有「white皇后」使壞，故事就不知道要如何繼續。大家慌亂成一團，害怕白雪公主的故事就此消失。除此之外，白雪公主一直沒辦法吃到「二〇一四超紅超大超甜一號」，也就沒辦法進入「昏迷狀態」。王子雖然和白雪公主見過面，但是公主不昏倒，就沒機會進行下一次的約會，更別談那救命的一吻了。更糟糕的是七個小矮人因為王子沒有出現，輪流向白雪公主告白，希望日久能生情，早點進入「從此過著幸福快樂的日子」模式。

睡美人的家一樣情況不妙，因為巫婆缺席，睡美人並沒有沉睡一百年，而且全國上下人民也沒睡著。於是大家心裡頭都這麼想：既然我們沒睡著，而王子要在八十年後才出生，普天之下人人平等，我也要追求睡美人公主！

從此皇宮上下為了選出睡美人的「王子」忙得天昏地暗；號碼牌來不及製作、停車位不夠用，還要常常排解插隊所產生的糾紛！你說，把「假王子」通通都趕回家不就好了？不不不，要知道，想打消「王子」諸公的念頭，談何容易啊！

喔！最可憐的是喬治&瑪莉兩兄妹！因為巫婆沒回「迷路」森林放出「白拋拋」帶他們來到糖果屋，他們真的在「迷路」森林裡迷路了！一到晚上，「迷路」森林變得更加陰森恐怖。貓頭鷹的眼睛閃閃發亮，分外的詭異，沒有月亮的夜晚，加上冷風呼呼的颳著，兄妹兩人更是害怕了。

還有小美人魚，因為找不到巫婆，沒辦法變成人見到王子，每天只能躲在海底哭泣。即使螃蟹和小丑魚再怎麼載歌載舞，公主也無法開心。以前公主總是快樂的唱著「Under the

Sea」，想王子時就哼著「Kiss the Girl」，現在卻只能孤孤單單一個人，守候著寂寞！

你突然想到，青蛙王子現在怎麼了？

巫婆不在，他千辛萬苦才跳到公主的後花園，費盡苦心後讓公主獻上一吻，結果卻慘不忍睹……因為巫婆還在月球「人類的一大步」旅館裡，根本沒辦法解除咒語。當公主不停吻了又吻，青蛙王子臉上只是多了一大灘公主的口水，但還是一隻臭青蛙！現在青蛙王子加上欺騙公主的罪名，快要變成青蛙湯了！

就連小紅帽和七隻小綿羊都受到影響，因為「野狼一二五」中隊也不在，小紅帽沒有阿野的引誘，在森林裡採花而忘記時間，沒去找老祖母。沒看見小紅帽，老祖母急得報警，還刊登尋人啟示呢！而七隻小綿羊因為阿狼沒來，很高興的在家裡玩起「枕頭大戰」，打破一堆玻璃杯和碗。羊媽媽看見家裡一團亂，氣得叫小羊們出去罰站，連晚餐都不能吃！

巫婆放假的日子中，只有灰姑娘沒有遭殃。因為仙女喝完喜酒，隔天就回到故事中。除了宿醉花了點時間才變出禮服，加上馬車伕變醜了之外，一切沒有什麼大問題。

不過，其他童話故事已經一團亂了。

你得意的說：等等！別忘記虎姑婆因為巫婆放假而消失，小朋友就不會被吃掉啦！所以不是只有灰姑娘沒有遭殃啊！

唉，你又錯了。

仔細想想，沒有虎姑婆，小朋友從此就不用怕了！以前媽媽要讓小朋友快點睡覺，總是拿

「再不睡，虎姑婆就要把你的手指頭一根一根吃掉！」當武器；現在一說出來，小朋友們反而調皮的說：「好啊！叫虎姑婆來咬我啊！」、「快點打電話給虎姑婆嘛！我好想請她吃手指頭大餐喔！」除此之外，小朋友更養成不少壞習慣；晚上不睡覺，熬夜打電動，還有最近那些大半夜在街上飆著「三太子牌」風火輪的少年雞！這些都是巫婆放假所造成的影響呢！

你看，報紙上已經登出「虎姑婆，妳在哪裡？」的尋人啟示；甚至分類廣告上還出現了「我們需要虎姑婆！」的徵才廣告。

next
one

你也開始著急了，對不對？

5. 糟糕，怎麼都不行，不等了啦！

你說不知道該怎麼辦？別擔心，白雪國王想到辦法了：找個人來「暫時」幫巫婆代班吧！他先問自己的女兒，結果白雪公主說：「我這麼高貴美麗，怎麼可以去演如此邪惡的角色？全天下的小朋友都會很傷心的！而且一人演兩個角色，太累了啦！我不要。」

白雪國王並不氣餒，跑到鄰國問問。「不行，我正準備好好的來『照顧』這隻欺騙我感情的青蛙，我沒空！」公主氣呼呼的說著。白雪國王很失望，但是青蛙王子更失望；本來青蛙王子還以為救星來了，可以慢點變青蛙湯。沒想到公主一口拒絕，這下子又從天堂掉入地獄了。

白雪國王下一個目標是灰姑娘。一到灰姑娘家，就聽見來開門的大姊邊走邊大聲嚷嚷：「王子，你回心轉意啦！我就知道你一定會選我的，我這麼冰雪聰明，當然是不二人選啦！」開門後一看不是王子，大姊很失望，「你這糟老頭有事嗎？」

「我來問問有沒有人想……」一句話沒說完，國王就吃了閉門羹，屋裡傳來大姊堅決的回答：「我們家不需要任何推銷品！」

白雪國王失望的準備離開，經過後花園時，看到灰姑娘剛好在晾衣服，「灰姑娘，巫婆放假去了，妳願不願意幫忙？」國王說。

「我還有一堆碗筷沒洗，還沒清掃屋子，花也還沒澆，姊姊的衣服又已經堆三天了……我時間真的不夠；而且王子等一下就來了，如果王子找不到我，怎麼辦？」灰姑娘靦腆的直說抱歉，白雪國王也沒輒。

白雪國王走到海邊，找尋最後的希望——小美人魚。沒想到白雪國王剛問完，小美人魚馬上就答應了。

「不過……能不能從我的故事開始？我太想見到王子了！我想先去完成變成人的藥水。」這是小美人魚唯一的條件。白雪國王馬上答應，帶著小美人魚飛快的游到了「巫婆的第三個家」，著手調配「愛你在心口難開二號」。說明書上面寫著——先加三西西綠色藥水，加上紫色藥水五西西，最後橘色藥粉一百公克加上去，攪拌一萬下即可。經過三天三夜的努力，終於大功告成！

小美人魚好高興，一口喝完「愛你在心口難開二號」。閉上眼睛等待。

「轟！」藥水生效了，但是小美人魚卻變成「大號」美女——體重一百公斤的健康美女。後來，小美人魚才發現，原來綠色藥水過期了……現在小美人魚在「海撈一筆」減肥中心減肥，看樣子，白雪國王又要等等等等等。

6. 終於落幕，巫婆安心放假去！

故事王國面臨大危機，巫婆卻還在悠閒的度假，你一定很看不過去。別擔心，事情終於有轉機了！假期中巫婆吃到了過期的蛋糕，肚子拉個不停，而巫婆的止瀉祕方「瀉停封」卻放在家裡！一回到故事王國，巫婆就發現大事不妙，故事全都走了樣！

巫婆馬上收假，開始拯救故事大作戰。她先到迷路森林裡去，放出「白抛抛」帶喬治&瑪莉到糖果屋；趕緊找到熱湯中的青蛙王子，把他變回王子；回頭飛往七矮人森林塞給白雪公主「二〇一四超紅超大超甜一號」後，再到隔壁的睡美人王國讓全國百姓與公主打一百年的瞌睡。

陸地行程結束，還得下海，快遞特效減肥藥與「愛你在心口難開二號」到「海撈一筆」減肥中心。

最後，穿上虎姑婆裝，遠赴東方去沒收「三太子牌」風火輪，把留連在外的少年雞們趕回家。故事王國終於又回復以往的平靜。

問題解決後，大家開始想，如果巫婆下一次又想放假，那要怎麼辦？

「好啦，如果巫婆又放假了，要找誰當巫婆？」

「我不要。」

「我也不要。」

「不要看我，我不想當！」
「大家都不想要當巫婆耶！怎麼辦？」
「難不成下一次又要一團亂嗎？」
「……」
大家都不想當壞人，而且當巫婆好委屈啊！此時又陷入一片沉默中，有些人在想推辭的藉口，有些人在抱怨巫婆的不負責任；不過，有些人則開始同情巫婆。這個時候，從角落冒出一個微弱的聲音，問了一個問題：「我忽然想到……，有沒有人想過……，巫婆其實很委屈？」
大家被這個問題點醒了。對啊！如果不是巫婆願意委屈的扮演如此吃力不討好的角色，如果這一份人人厭惡的工作沒有人去完成，大家也不會順利的「幸福快樂」啊！就連剛剛討論誰要當巫婆的時候，也沒有人願意！
從來就沒有人想過巫婆的心情，過去大家一直嫌棄巫婆，說巫婆如何差勁如何討厭，事實上，巫婆可是「犧牲小我，完成大我」呢！想通這件事，大家忽然慚愧了起來。
這時，巫婆剛好經過，看見每個人的表情都怪怪的，還以為是自己放假造成大家的麻煩，他們在生悶氣。「真的很不好意思，讓故事都亂七八糟了！下次我不會再放假出去玩了！」巫婆很不好意思的向大家道歉。
看見巫婆這麼客氣，這下子大家更不好意思了。等巫婆離開後，大家重新討論，並且有了共同的決定，而且是讓巫婆「驚喜」的大決定！隔天，故事王國的大家公布這一個重要的決定：開辦「巫婆」培訓班！這樣子，等演巫婆的專門人才培養好之後，巫婆哪一天覺得要放假休息一下，都沒有問題！

你一定可以想像得到巫婆有多開心！自從那一天起，巫婆就一直笑到合不攏嘴。皆大歡喜，故事終於可以完美落幕，一切又是「幸福快樂」的完美結局！

什麼，你說還有人在放假？「野狼一二五」中隊還在放假沒回來。那麼小紅帽和七隻小綿羊要怎麼辦？

沒關係，「大野狼培訓班」也即將開課啦！

——原載二〇一五年十月《未來少年》第五十八期

編委的話

● **沈世敏**：

故事中的巫婆是位好人大家不能沒有她，但是巫婆想放假，卻有做不完的事等著她。這篇童話中的巫婆和其他童話中的巫婆不一樣，這樣的安排很吸引我呢！

● **林宜暄**：

這篇故事，讓我想起曾經出現在不同的童話中的巫婆。我覺得故事想傳達：巫婆其實滿重要的，是不可或缺的角色，打破了我們「巫婆最好不要存在」的想法，畢竟如果沒有巫婆，少了反派角色，那些童話就很難發展出高潮起伏的情節，也少了童話味，更會失去閱讀的趣味。

● **鄭博元：**

從小到大，我們總認為巫婆是大壞蛋、無惡不作。但是作者用這篇童話告訴我們：巫婆在很多故事裡，是不可或缺的角色，一旦她不見了，很多故事就會變得平淡無味。作者強烈呈現出巫婆在故事的重要性，以及巫婆的忙碌，更表達身為巫婆的難處、心情。

卷五

童話魔法變一變

阿立的魔法寶石 ／陳昇群

◎ 插畫／許育榮

作者簡介

一直是教書中的人，年輕到中年至今，現在總算可以離開學校了。看來也是時候，找一找自己最原始的童心，到底被擱在哪兒，或許才是生活重點。

童話觀

把想像乘進真實裡；讓真實擁著優美的想像。

1.

「老師你看啦，都是蜘蛛網，這教室幾百年沒用了喔，是不是鬼屋？」有個大男孩吐吐舌頭，指著教室說。

「什麼鬼屋，開始打掃啦。」老師啐一句。

這是間學校的舊實驗室，一位老師正領著學生們打掃，塵土瀰漫。

「你們先清理櫥櫃，東西取下，用報紙包好，再擺進紙箱。」

教室霧茫茫，男生開始搞怪：「哇！好大一隻，老鼠精。」

嚇得女生們「啊啊」叫，老師對調皮的男生警告：「別在那邊『信口雌黃』！」

這話中，明顯放了個成語，裡頭有個稱呼，彷彿像成了精，在教室裡飄忽飄忽著……最後，被一盒礦物標本給聽了進去，這時誰也沒發現，標本盒裡有顆石頭，正悠悠醒來。

醒來的，是非常、非常特別的一顆石頭。

有男生搬開箱子，順手抽出這盒沉甸甸的礦物盒子，「不輕咧，裡頭裝了什麼？」拿布抹掉沾附在玻璃表面的灰塵，一顆顆礦石成排成列露了臉。

「什麼嘛，硫黃、雄黃、雌黃……，無聊。老師，這要擺哪？」

老師轉頭一瞧，是礦物標本！但好幾格都空了，也不知流落何處，眼見是湊不齊全了：

「嗯，就拿去回收。」

盒子裡，編號十九那顆的身上，貼了張早已失去黏性的泛黃標籤，上頭標示著：雌黃。就是剛剛醒來的石頭，它腦袋還不清楚，只能安靜的環顧四周，「是誰？剛剛說出什麼什麼雌黃的？那是我的名字。」

住在這裡多久了！實在搞不清楚，一直以來，沒幾個人認識它，不像住隔壁的那幾顆黃字頭的礦石，名氣響得很。

既然不認識，模樣又哪會記得清楚：淡黃色，和雄黃可是雙胞胎，總是一同在火山附近誕生，雌黃卻沒雄黃來得有名氣。兩顆石子硬度都很低，恐怕連指甲都能輕易刮傷它們。

「誰來把這些廢棄物搬到回收室？」老師大聲問著。兩個女生連忙跳出來，抬著紙箱，匆匆逃離這間灰濛濛的教室。紙箱裡的東西多又重，兩個女生抬得歪歪斜斜，上下晃盪，標本盒重心不穩，晃著晃著終於掉落，整片玻璃蓋碎裂，她倆只好停步收拾，而這一摔，每顆小石頭全都驚醒，隱隱閃著光芒和色彩。

「把這些石頭送到那邊好了！」兩女生相視而笑，因為隔著圍牆，從學校後門出去左拐幾步，就有座廟，拜的正是成仙的石頭公，其中一個女生說：「聽說很靈驗。」

沒多久，標本盒已經端端正正的擺上了供桌。

2.

耳邊一句句吵雜的聲音，午寐中的石頭公不得不撐開沉重的眼皮，睜眼一瞧，前頭擺的居然不是供品，而是堆小石子！這讓祂有點不舒坦，正想顯靈一探，看是誰惡作劇，但眼縫中一瞧，這堆小石子……小歸小，卻個個有血統、來頭可都不小！

其中一顆全身黑嘛嘛的，正讚嘆著：「石頭老爺爺，您身子真大塊，我們也可以變得跟你一樣壯嗎？」石頭公當然看得出，這顆小玄武岩，直接由高熱的岩漿冷卻形成。

「不，石頭只會越來越小，若是不做保養，會變成砂，甚至變泥土。」石頭公顯威，沉聲說道。

「啊！我不要再變回沙子。」變質砂岩聽了尖叫起來……

此時正值傍晚放學，一群小學生走進來，發現供桌上的標本盒，好奇得很。

石頭們停止了對話。

領頭的伸手抓了一塊，望著標籤念：「玫瑰石，漂亮。」塞進口袋；又抓起一塊白的：「石英，看起來酷酷的。」也塞進口袋。

廟裡的東西，大人都說有神明護著，但老大拿了又拿卻沒事，於是其他人全壯了膽上前，像搶食的魚群。

阿火說：「我拿到『硫黃』，哈，做火藥打壞蛋啦！」

大虎瞧著標籤：「我是『雄黃』，哼！雄黃酒，毒蟲的剋星。」

一個瘦瘦小小的五年級小男生也拿了。

「阿立，你拿的是……咦，『雌黃』？」大虎笑了：「我是雄黃，男生；你是雌黃，女生。」才說完，阿立一步併兩步把那顆「女生石頭」擺回去。

小孩都去打球了，廟裡變得空空蕩蕩。

石頭公俯瞰著沒人要的小雌黃，一臉憐惜。

畢竟是大神，慈悲為懷，朗聲說道：「小石頭，我送你一項法術吧！想學什麼？」

才說時，一抹瘦小的影子，透著晚霞的光，在外頭徘徊來去，不太敢進來。

幾分鐘後，他總算怯生生的跨進門，然後輕輕揀起桌上的「雌黃」，自言自語起來：「我想起來了，有句成語叫『信口雌黃』。是指你對不對？」

小男生把雌黃捧在手心，瞬間像是有股溫熱的細流，從雌黃身上竄入他的身體，是不是？人的手心有最靈敏的神經末梢。但小男生沒看見雌黃亮了一下下，當然也沒發現廟裡有盞燭火亮了起來，應該是石頭公應允了一件什麼事情吧！

3.

男孩就是去而復返的阿立，他個子小，成績普通，所以放學後得去安親班補習。但今天他沒去，跟著一群六年級的在廟口球場打球，打到天黑，打到球的影子都看不到了才解散。

「咦，那麼早回家？」媽媽問。

「唔，老師生病了。」阿立連忙找個理由搪塞，趕緊洗澡去，好去除身上的汗臭。不料洗好澡出來，媽媽坐在客廳，瞪著眼珠子問：「剛剛安親班打電話來，關心一下我們阿立，身體好點沒？」

沒想到謊話被拆穿了，阿立支支吾吾，「……我是說……是說我……拉肚子，放學後我肚子突然好痛，一直跑廁所，所以跟安親班請假。」

這種話誰會信！

但奇怪的是，阿立的話一說完，媽媽先是愣了一下，接著，臉色漸漸緩和，對這幾句話變得深信不疑，她馬上伸手壓壓阿立的肚子，不斷問著：「還痛嗎？還痛嗎？」害得阿立有點不知所措：「好多了，我好多了，真的。」

當晚，阿立坐在書桌前趕作業，寫著寫著，瞄見一顆黃燦燦的石頭從書包中露出半邊臉，是那顆「雌黃」，阿立把它再握進手中。不知為何，阿立覺得這樣很舒服，感覺既溫和又順暢，彷彿接觸到了什麼，但說不出是什麼。

隔天早自習，老師一進教室，手中整疊考卷讓阿立突然想起今天考數學這檔事，他完全沒準備啊！左右瞧瞧同學，人人表情凝重，看來誰都不想考。

阿立緊張的舉手：「老師，你好像沒說今天要考試。」敢這樣說！同學們緊張得都看過來，心裡打驚嘆號：「應該有說過吧。」老師皺皺眉頭，又呆愣一下，竟說：「那麼……改明天考，大家回去好好準備。」呼，鬆了一口氣。下課時，幾個同學過來拍肩膀，「謝啦，救了我一次，我根本沒念。」下課時，數學小老師打開她的聯絡簿，罵大家：「我們有抄在聯絡簿啊！」有同學力挺阿立：「拜託，都上上個禮拜的事項，誰會記得那麼遙遠的事。」

能當一回英雄，拯救同學，讓阿立的心整個上午都飄飄然的。

午餐時間，他翻開書包找環保筷，雌黃又滾了出來，黃澄澄的出現在阿立眼前。

雌黃！這顆神奇的石頭的再出現，讓阿立不由自主的想起那句成語，突然間，他心臟噗通噗通跳不停，心頭起了一陣懷疑……

4.

教室外傳來吵鬧聲，阿立走出去看。原來小芳的湯碗翻了，淋了一鞋子酸菜肉絲，正和一飛爭論著。

「拿湯不看路，還直接撞過來。」一飛臉紅脖子粗的解釋。

「明明是你先靠過來，我躲都來不及。」小芳更是怒氣沖沖。

阿立看兩眼後，決定測試一下剛剛那個懷疑，到底是不是真的存在著。

「對不起，是我碰倒的。」阿立慢慢說著：「是我剛剛經過你們中間，應該是左邊的袖子勾到小芳，湯才打翻的。」瞬間，在場同學全都愣住，好一陣子一飛才打破寂靜，出聲：「就

說不是我。」他攤攤手，走進教室。

小芳則是瞪了阿立一眼。

阿立只好說：「等一下我幫你擦鞋子好了。」

小芳唉一聲：「算了，我又不是那麼愛計較。」也進了教室。

當天中午，阿立一粒飯也沒吞，急急忙忙上圖書館查詢成語辭典。

信口雌黃。比喻不顧事實真相，隨口亂說或妄加批評。

是這樣嗎？不用管事實真相，可以隨口胡謅！

阿立握緊掌中這顆石頭，簡直像握著一種魔法，很神祕，又令人不知所措。午休時，阿立趴在桌上反來覆去，想從此便可以……這樣、那樣。

一放學，他同樣沒去安親班，想跟著那群六年級大哥哥，再試試這種神祕的魔法。他們留在學校打球，平常他這個小跟班可沒什麼說話的分量，但他今天大膽出口：

「剛剛我投進的是三分球。」眾人搔搔頭，還是認定他得分了，但其實，其實是籃外空心！

打完球，他又說：「大虎，你不是說要請大家每人一支冰淇淋？」當然，大虎眨眨眼，也同意了這個建議，大家都看得出，這傢伙平時的零用錢好像不少。

果然，這是一顆魔法石！讓說的話可以改變事實，有破綻似乎都被某種神奇的力量給掩飾掉了。

第一天，阿立還滿收斂的，不敢太肆無忌憚的使用。

隔天，阿立變得有點無理取鬧了。

「體力充沛，球才打得好，補充體力最好辦法就是——」他要求大虎請吃牛排，大虎當然睜大了眼睛，最終還是點了點頭，而夥伴們，當場歡呼不止。

「準備充分上戰場，才會有最佳成績回報老師。」他請求老師數學測驗再延後一天，老師一聽，沉思半晌，居然並不拒絕這項建議，同學們得知消息後，再次雀躍不已。

阿立向來是個不怎麼起眼的傢伙，這幾天真的不一樣了，讓人刮目相看。

5.

旭日升起，美好的清晨揭去昨夜的陰暗。

出門前，阿立把雌黃輕輕放進筆袋內，妥當收存，再踏起愉快的步子走進學校。

阿立昨晚算數學花了不少時間。考數學時一切順利，可是，考完時，老師說話了：「這次考試的及格分數提高到八十分，不及格要罰寫。」

「為什麼？」同學們紛紛抗議。

「延了兩次啊！還六十分及格，會不會太對不起自己了。」

阿立嚇一跳！正想舉手再「說」，卻發現同學瞪了一雙雙的白眼過來，而自己的手臂忽然有千斤重，不敢再舉起來。

大虎的事也出包了！

其實，大虎是單親。零用錢多，是他母親夜以繼日的工作，想要給這唯一的孩子最好的生活，可是，大虎最近這兩天變了，那麼浪費，錢花這麼多！驚覺事態嚴重，大虎的母親決定到校問個明白。

今天，阿立的心情非常的沉重！

他誠心的跟同學道歉，幸好同學們接受了。

下午，老師帶著微笑進教室：「剛剛改好數學試卷，大家都進步了，所以，不及格要罰寫的事，通通取消。」

他走向辦公室，朝大虎的媽媽深深一鞠躬，大虎的媽媽沒有責罵，只摸摸他的頭安慰：「知道問題的癥結就好，沒事了，我們大虎跟你還是好朋友，要一起努力向上喔。」

所以今天的阿立，也非常的難受！

那天深夜，阿立睡不著，他起身坐在書桌前，打開檯燈，把雌黃拿出來，放在手掌仔細的看著、看著，然後他告訴雌黃：

「我知道是你在幫我，對不對？」

雌黃沒有任何動靜，但，恍惚間好像亮了一下，黃色的光芒在黃色的燈光下不是很明顯。

「我功課不好，球也打不好，這些都沒關係，可是，我發現這樣做是不對的，會害到別人，害到別人我會很難過。」

雌黃靜靜的，好像聽懂了阿立的話。

阿立把雌黃握緊緊：「不可以再『信口雌黃』了啦。」再擺進鉛筆盒的最下層，那是他收藏最喜歡東西的位置，闔上前，阿立說：「謝謝你。」

遠方的石頭公廟裡，那盞燭火也跟著放心的熄去。

從此之後，阿立再也不能「信口雌黃」了，不過，又回復以前可愛、帶點怯弱的樣子。

6.

這堂課是寫字課，拿毛筆蘸墨汁寫的字，筆筆都會是真工夫的展現。

只是，小學生多半欠細心，專注力不足。筆執歪了，坐姿斜了，或是手肘一抖，都會把一個字寫得又黑又髒。

不知是哪位同學開始的，粉筆可以當擦子，拿來把寫壞的字塗白，就可以再寫。於是，黑板前的粉筆一根接一根的被大家拿走。

老師看到大家寫不好，拿根粉筆想示範，居然、居然找不到一根沒墨漬的！氣得禁止：「不准再拿粉筆塗改，聽到沒。」

正巧阿立這一筆太用勁，讓宣紙紙面給濃墨糊了一塊！不能用粉筆改，阿立慌張起來，「怎麼辦？」

老師在座位間走來走去，教室好安靜。

阿立望著黑了一片的紙張，感到無助，他打開鉛筆盒，擦子只擦鉛筆字，立可帶有防水，墨汁根本寫不上去。

最後，他看到雌黃。

是一種微弱的感應，阿立不自覺拈起雌黃，曾經有過這種感覺呵，一道溫熱的細流流進了阿立的掌心。

這是雌黃發出來的訊息嗎？

阿立感覺得到雌黃很想幫他擦掉墨漬，「是不是又想變魔法？不行啦。」他把雌黃放回去，鉛筆盒卻像故意，怎麼也打不開！最後只好將就將就一下，用用看。

阿立找到雌黃身上最平滑的面，在紙上輕輕塗了起來，淡淡的黃色粉末慢慢釋出，慢慢附著在黑嘛嘛的宣紙表面，寫錯的字也緩緩消失，被覆蓋、被隱藏，阿立眼睛發亮，沒注意到老師早已停在他背後盯著！

老師伸手，一把抓住阿立握著雌黃的手掌，「不是說不准用粉筆塗改嗎？」大手按著小手，翻開！

「咦？」本是鎖著眉頭，聲音沉沉的，一見在阿立掌心的不是粉筆而是一塊石頭時，老師愕然出聲。

阿立慌張起身，差點掀翻桌面硯臺：「老師，我……」

「啊！不是粉筆，抱歉。」老師連忙扶住硯臺，「只是，你拿的東西是什麼？」

「這個，」阿立吞吞吐吐，他怕同學笑，「它叫『雌黃』。」果然，聽到的同學都吃吃的忍著，「嘻，女生石頭。」暴漲的笑意全擠在嘴巴中。

「你說的是，雌黃？」老師卻面露驚喜：「是『信口雌黃』中的那個雌黃？」阿立抬起臉，睜大眼睛，拚命點頭，他訝異老師居然也知道雌黃。

7.

老師跟他借了過來把玩一番，「雌黃，嗯。」

那天，全班就只有阿立可以用他的雌黃，修改寫錯的毛筆字。

「不公平。」同學們都在嘟嘴。

「為什麼？」有同學想知道原因。

老師清清喉嚨：「以前的小孩練字或畫畫，寫錯或畫壞了，就用雌黃塗抹修改。你們今天寫的書法，不就是自古至今一脈相傳的文化藝術？所謂文房四寶，指的是筆、墨、紙、硯，不過老師今天想再加一寶，這第五寶就是——」老師頓了頓，說：「雌黃。」

原來，這才是雌黃真正的魔力。

大家都長了見識，對雌黃這醜不拉嘰的黃色石頭，開始產生興趣。

而同學最後的結論竟然是：「終於知道，這就是傳說中，橡皮擦的前輩，立可白的祖師爺。」這可是高度崇拜的用詞，讓阿立聽了笑呵呵。

遠處的石頭公廟裡，有塊大石頭撐開了耳朵，聽見這話，也是呵呵笑不停。

「看來，當天送給雌黃的法術，真的是給錯了，誰說可以『信口雌黃』的？歪理哪能成真！」石頭公說：「早知道，就給『橡皮擦法力』，只許認錯改正，不准胡說八道。」

本文榮獲二〇一五年第四屆臺中文學獎童話類佳作

編委的話

● **沈世敏：**

這篇中的主角撿了一顆別人不要的石頭「雌黃」，神奇的事情隨之而來，但也發生了壞事。所以，一個東西，最重要的還是看人們怎麼去使用它。

● **林宜暄：**

我覺得這篇文章的趣味點，在於主角用雌黃在學校裡施展魔力，發生許多意想不到的事。我覺得這篇文章吸引我的地方，是其中不管人、事、物，都被描寫得活靈活現。

● **鄭博元：**

故事的一開頭有種在鬼屋陰森森、神祕的感覺，後來，雌黃展現神奇的力量，也帶來魔幻的感覺。作者根據成語「信口雌黃」，發展出吸引人的故事，很特別。阿立「信口雌黃」做壞事，也讓自己很愧疚。作者要表達的是：別人不要的，不一定是不好的；東西沒有好壞，要看你如何使用。

好說謊公司 ／洪雅齡

◎ 插畫／李月玲

作者簡介

也是蛋老師。

大學念藝術教育，研究所念兒童文學。喜歡用圖像來思考，用文字去表達。平時也喜歡創作故事，給真實的小孩和自己心裡的小孩看。出版青少年小說《躲進部落格》（九歌出版）以及童話《黑洞裡的神祕烏金》（親子天下出版）。

童話觀

我的故事

能讓心裡的孩子自由說話。

我的故事

能提醒我們永保「作夢超能力」。

1.

小天和小海從放假的第一天就期待能夠回到星月村的奶奶家。

「但是媽媽還沒準備好啊！你們兩個先等一下，話說這真是太奇怪了！你們兩個什麼時候這麼愛到奶奶家，以前老嫌那裡無聊啊！」媽媽一邊盯著電腦回電子信件，一邊問這對雙胞胎。

星月村是個在深山裡的小村落，水是山裡的泉水，煮飯還要自己燒柴，洗澡是用溫泉水，這幾年有人來幫忙裝太陽能，大家才有用電器，奶奶常說：「住在星月村哪需要什麼電器啊？這些都市人，真的是……」這句是真的，因為雙胞胎的3C產品在那裡根本無用武之地，整個星月村都沒有網路。

不過今年夏天，雙胞胎有個大目標想達成，但在達成之前，他們不能講實話，只能說：「因為奶奶家太好玩了，那裡雖然沒有網路，但還有很多好玩的地方可以去！」

「去年你們不是這樣說的！」

「去年我們還小不懂事啊！」

這句回答實在太過完美，媽媽狐疑的看著雙胞胎，接著打了個電話給奶奶，嘀咕了一陣子。

雙胞胎像兩隻乖巧的貓咪。

終於，在中午之前，媽媽開著車帶兩個小孩回星月村過暑假。

2.

兩個小孩一到星月村，跟奶奶打過招呼，跟媽媽說再見，就放下行李，直奔小礫爺爺的家——那裡可是他們達成大目標的唯一希望啊！

小礫爺爺的家，位在石頭溪畔，必須穿越搔人癢的蘆葦叢，才能看到光頭的小礫爺爺在門前整理他的珍藏，小天和小海最喜歡的就是藏有化石的石頭，小礫爺爺很會說石頭的故事，也不吝嗇展示自己的高級收藏品，兩個小孩在星月村時幾乎都膩在小礫爺爺那兒。

小天和小海火速到了小礫爺爺家，他們告訴小礫爺爺，他們參加了同學發起的比賽，要在暑假中找到一項最有趣的東西，並且說出其中的故事。他們想來想去，在星月村這地方想贏，就是來小礫爺爺家找到一塊可以回去炫耀的石頭。

小礫爺爺聽到他們的任務，馬上拿出兩塊石頭，每一塊都是小孩的拳頭大，都是雙色石，一邊是粉紅色，一邊是白色，可以拼起來成為完整一顆，形狀有點像愛心。雙胞胎各抓著一塊，愛不釋手的把玩著，說：「這石頭真漂亮。」

「那當然，這可是我在星月溪裡蹲了好幾週才找到的。」

「這麼漂亮的石頭很難找吧！」

「那裡有很多這種石頭，可是只有這兩塊，能有上知天文，下知地理的效果。稱為石頭裡的知曉石，是幾百萬顆石頭中才有一顆啊！」

「真的嗎？」

「你們來試試看就知道啊！」

小礫爺爺得意的示範石頭的用法，他說，問的時候要誠心誠意，接著在問題前面加上兩句咒語，問題要用「是不是」當問句，最後問完要虔誠將石頭拋出去。

小天和小海聽完，互看一眼，一起問：「知曉石，使知曉，請問我們跟同學這次打賭，是不是能贏？」問完，兩人虔誠的將石頭往上拋。

兩塊石頭在空中停留一下，掉到地面上，一塊是粉紅朝上，一塊是白色朝上。

「一粉一白，答案是肯定的！」小礫爺爺說。

雙胞胎眼神發亮，雖然他們很有信心，但聽到連知曉石都這樣認為，就感到心臟狂跳，心情狂喜，忍不住跟小礫爺爺哀求：「可以借我們嗎？」

「不行啦！我找很久耶！而且這兩塊石頭就是我們這裡傳說已久的占卜石，好不容易拿到手，當然不可以隨便借，萬一大家借了不還怎麼辦？」

小海鼓起勇氣問：「小礫爺爺，你的知曉石這麼珍貴，藏在這裡太可惜，借我們拿出來獻寶介紹，我們會把它寫在作業裡，把這個消息放到網路上，大家看你的石頭這麼神奇，一定超級羨慕的！你還會出名，說不定你還可以開占卜店。」

小礫爺爺聽到小海要借石頭，好像是要他的命似的，趕緊把石頭搶回來，搖搖頭示意不借。

「那再借我們占卜一次？」雙胞胎懇求著。

小礫爺爺好像防小偷一樣，把東西抱得緊緊的，雙胞胎失望到無法多說什麼，悶悶不樂的離開了。

3.

「如果小礫爺爺可以借我們知曉石，我們打賭就一定能贏，那麼特別的東西。其他人都沒有啊！可是小礫爺爺好小氣。」雙胞胎在石頭溪的河床上翻翻選選，都找不到合適的，兩人邊尋找邊抱怨。

小天生著悶氣，突然大力的踢了旁邊的石頭一下。

「蹦！」了一聲。

小天驚呼：「好痛！」

小海取笑他：「你幹嘛以卵擊石？」

小天揉著腳，翻白眼說：「什麼時候你成語這麼好

了？」

「你不要生氣做蠢事，我就不會想起這個成語了。」小海還想笑。

「等等，說到成語，不是有個成語叫石破天驚！」小天一雙眼睛古靈精怪的轉來轉去，小海看著小天，他的眼神同小天一般，心裡想的也一模一樣。

「知曉石不是說我們一定會贏。」

「該怎麼做啊！」

「石——破——天——驚——驚——驚」

隔天奶奶早上在跟雙胞胎一起吃早餐，窗外傳來一陣「婆—喔—婆—喔」的叫聲，奶奶快步的起身開啟窗戶，一隻身體是紅色，翅膀和頭都漆黑的鳥，跳進屋裡來。

「朱鸝來！」奶奶拿了一點小米餵牠，牠跳上奶奶的手，邊吃邊唱著：「朱鸝來報訊，小礫爺爺家的石頭丟了！村長要大家去幫忙找。」接著就飛走了。

「知曉石不見了？」小天問。

奶奶疑惑的問：「你們怎麼知道那石頭的名字。」

「小礫爺爺昨天有拿給我們看。」雙胞胎趕緊說。

奶奶看了他們一眼，唉聲嘆氣的說：「星月村已經好久都沒有遭小偷了耶！」

星月村開始出現協尋潮，但是小礫爺爺的知曉石還是沒有出現。

他每天坐在自己的家門口，問路過的人有沒有看見他那兩塊石頭。如果有人找到，願意送

他珍貴的化石。

但小天和小海都不敢再去找小礫爺爺。

4.

雙胞胎開始吵著要回家，奶奶卻以「你們的媽媽沒辦法馬上來接」為理由拒絕，要兩個小孩乖乖在家，然後又忙碌的出門上班，雙胞胎觀察到，自從傳出小礫爺爺丟掉知曉石後，奶奶好像就變得更忙了！

奶奶到底在忙什麼？

不敢去找小礫爺爺的雙胞胎在奶奶出門後，鬼鬼祟祟的跟著奶奶。

兩人一路尾隨，小心翼翼跟著爬下階梯、越過樹洞，最後看見奶奶閃進隱藏在花叢中的「好說謊公司」就不見了。

兩人滿腹狐疑的站在門外觀察，這間店的櫥窗玻璃乾淨明亮，上頭貼著一張海報，寫著：「好好說謊試用包，歡迎索取。」

小天和小海張望許久，沒有看見奶奶在店裡，只有那隻曾經來報訊的朱鸝鳥坐在櫃臺上。朱鸝看見他們徘徊的身影，邀請他們進來，她問：「你們要買好說謊專用商品嗎？」

「說謊專用？」小天很好奇的問。

「我們又沒說謊。」小海趕緊回答。

「人人都有說謊的需要啊！我們最近有大特價，可以讓你的謊言說得輕鬆，說得容易。」朱鸝邊說邊指著一張紅色的沙發椅：「來！坐坐看。」

「有什麼特別的嗎？」走累的小天和小海擠在鬆軟的沙發上面，感覺好舒服。

「這張沙發功效很大，說謊時，也許會坐立難安，這時候坐上我們的安心沙發，你就能忘記自己的擔心。」

聽著朱鸝的介紹，又舒服的坐在沙發上，雙胞胎不知不覺眼皮沉重起來，他們隱隱約約聽見朱鸝還在說：「想睡一下體驗沙發功能嗎？沒問題，我將燈轉暗。好好睡喔！」

小天和小海睡在安心沙發上，感覺像坐在白雲上，可以伸臂呼吸自由空氣，遠望遼闊天空。不過兩人坐在雲上沒多久，感覺上頭似乎飛來一片烏雲，又黑又厚，才剛停留在小天和小海頭上，接著下起大雨，雨滴如豆子般，打得小天和小海渾身疼痛，卻無路可走。突然，烏雲上端有東西掉落，仔細一看，竟然是苦著一張臉的小礫爺爺，用哀怨的眼神看著他們，並飛快的掉落地面。

「啊！」小天和小海同時被嚇醒。

兩人驚慌失措的看著彼此。

燈光慢慢亮起，朱鸝看到他們兩人滿身大汗，又神色驚慌，擔心的問：「不舒服嗎？我們的沙發椅可是採用最好的材質，保證睡得安心。但你們怎麼……」

小天虛弱的說：「我們做惡夢了。」

「怪了！坐在安心沙發上，會讓你舒服得不去想撒謊的事！沒聽過坐在這椅子上會做惡夢，唉啊！該不會有什麼不知道的副作用吧？」

「不是啦！沙發坐起來很舒服，但不知道為什麼我們做了一個很真實的夢。」

「夢啊！夢就比較難控制了。聽說夢是反應人心中真正的感覺，嗯，要請設計師設計無法作夢的沙發才行。不過，你們兩位試用都還滿意嗎？」

「嗯！」兩人覺得只要不想起小礫爺的臉，這張沙發真的是他們坐過最舒服的沙發了。

「我要下班囉，下班前可以再打折，想帶一張走嗎？」朱鸝問。

「我們沒有錢可以買。我們是來找我奶奶的。」小天回答。

「喔！我認得你們，你們的奶奶是這間店的老闆啊，你們可以免費試用所有產品。來，一人一包，這是試用包，裡面還有產品說明書。如果喜歡，我可以打五折喔！」朱鸝邊說邊將「好好說謊試用包」遞給他們。

「這…」小天開心接下，但小海覺得有些古怪，他擔心的要求：「妳可以不要告訴奶奶我們來過嗎？」

「說謊嘛！很簡單的！」朱鸝俏皮的點點頭。

5.

當雙胞胎拿著「好好說謊試用包」走在林間小徑，在幽暗中閒聊著。

「這一切都太奇怪了！什麼時候奶奶開了一家好說謊公司啊？」小海問。

「不會奇怪啊！原來奶奶比我們想像中有趣耶！」小天回答。

「這樣下去不行啦，我們變得只想依靠說謊解決這件事。」小海說。

「可是說謊挺有效的啊！」小天說。

「哼！我可不想只靠謊言來生活。我心裡會一直大力噗通噗通，很不安。」小海說。

到底能怎麼辦呢？

當小天踢到路邊的石頭時，讓他們憶起有知曉石可以占卜啊！

兩人由儲藏室中布滿灰塵的盒子裡拿出大顆的知曉石，小天認真的問：「知曉石，使知曉，請問我們是不是會被發現是小偷？」拋高的石頭落地呈現一粉一白，代表此題答案為「是」，讓小天心裡一沉，答案果然符合他的擔心。

晚上，奶奶帶回事情的最新發展，說是村裡的智者村長要介入解決這件事，要求全村集合到小礫爺家，進行全村大測謊。

奶奶他們三人的時間被排在晚餐後。小天和小海都好緊張，兩人趁空隙時間溜進閣樓，拿出好好說謊試用包，倒出包裡的「強心丸、超強記憶糖、抹油劑、沒良心鏡」。

小天拿起強心丸，包裝上寫著「避免臉紅心跳，讓你心平氣和扯謊。」再拿起超強記憶糖，包裝上寫著「增強記憶力，讓你前後謊言連貫。」看了這些說明，小天二話不說，全數吞下，小海想伸手阻止，但最後卻也跟著吞下，然後一起把抹油劑和沒良心鏡放進口袋裡。

祖孫三人到達小礫爺的石頭店時，現場已經好多人聚集，但周圍安靜無聲，氣氛很凝重，大家彼此的眼神都充滿懷疑，智者村長站在門口測謊，他認出奶奶，問：「妳是好說謊公司的老闆嗎？」奶奶點頭，村長再問：「妳有拿走小礫爺的知曉石嗎？」奶奶搖頭。村長凝視著奶奶一會兒，讓奶奶進到房子裡。

接著輪到兩位雙胞胎，兩人假裝從口袋裡拿出鏡子要整理儀容，看著沒良心鏡，兩人覺得自己一點都不心虛了，因此聽到村長問：「你們有拿小礫爺的知曉石嗎？」兩人搖頭。

村長再問：「小礫爺記得你們兩個是在石頭遺失前，最後看見石頭的人，請問石頭是你們拿的嗎？」

小天和小海聽見村長的問題，兩人互看一眼，由小天清楚的回答：「我們那時候想跟小礫爺借，但他太寶貝那石頭了，因此不願意借我們。不過我們也瞭解有時候自己有很心愛的東西，也是不願意借別人的，所以當小礫爺不願意借我們後，我們就默默離開他家。聽從阿公的建議到溪邊的河床去碰碰運氣，但我們那天運氣不好，什麼都沒找到，所以就失望的回家吃晚餐。」

「後來呢？」村長眼神銳利的看著小天。

看小天似乎有些緊張，小海接替著：

「我來說，後來……晚餐後，奶奶看我們心情悶悶不樂，還問我們發生什麼事。我們說了覺得小礫爺很小氣的事給奶奶聽，她要我們不要想太多，催我們去洗澡，洗完澡，才八點多，躺在床上翻了好久才睡著，我還記得那天是農曆十五，外頭月亮像路燈一樣亮。醒來後，就聽說小礫爺的石頭不見了。」小海停了一下，看著村長說：「我們真的沒有拿。」

村長聽著小海斬釘截鐵的回答，似乎信了，停了幾秒，讓他們進去。

小天和小海張手相握，發現對方的手裡全都是汗，兩人心裡想：「還好有好好說謊試用包。這強心丸和超強記憶糖真有效，完全可以說謊不打草稿。」

但竊喜的心情在看到小礫爺時就完全枯萎了，阿公變得骨瘦如柴，談到珍藏石頭時會有的神采飛揚也不見了。

雙胞胎完全不敢抬頭看小礫爺爺。

6.

小天和小海有了新的難題。

小海心裡想，雖然這次撒謊成功，但之後一定會面臨更多麻煩；而且看到小礫爺那麼憔悴，真的很不安，他想起心愛寵物遺失的事，也是難過到想起來都還心裡酸酸的，他想去承認這一切。

小天則覺得，如果現在承認，大家就都知道是誰偷的，那不是更丟臉，而且反正兩人還有抹油劑可以用，說明書上呈現著「看情況不對，腳底抹油溜就對。」

兩個人的想法沒有共識，這件事還是無法解決。

而偷知曉石的賊沒有找出來，小村裡依舊人心惶惶，警察們還是忙碌的四處調查。當小天和小海又來到好說謊公司時，發現警察們也都在裡面，正在調查最近有沒有人購買謊言準備用具，朱鸝說星月村的居民本來就不太愛說謊話，因此平時生意清淡，不過倒是有分一些試用包。

警察想知道是誰有拿試用包，但朱鸝說老闆不肯給名單，因為這關係到顧客的隱私。被拒絕的警察在好說謊公司門前，竊竊私語的說，知曉石搞不好就是雙胞胎的奶奶偷的，因為奶奶是經營好說謊公司。

小天對此很不滿，他大聲站出來，捍衛自己的奶奶：「你們沒有證據，怎麼可以隨便誣陷我奶奶。」

看見小天這麼生氣，警察們跟他解釋，他們只是合理懷疑。

雙胞胎坐在門口，想到警察們說的事，心裡好像被針刺到，痛痛的。

店裡的朱鸝看見他們，拿出一個袋子給雙胞胎，說是奶奶要他們如果實在不知道該怎麼辦時，可以打開來看。

他們問朱鸝，奶奶還有交代什麼嗎？朱鸝搖搖頭，只說最近生意清淡，要先打烊去度假休息了，至於小天和小海的奶奶好像有開新店的計劃，這幾天不會回家，要他們好好照顧自己。

小礫爺爺好傷心，奶奶則避不見面，暑假生活被弄成這樣，雙胞胎不知道該怎麼辦？

兩人躲在閣樓裡，看著藏在盒子裡的知曉石，心亂如麻。小海想把石頭還回去，讓事情平靜。小天則認為就算石頭還回去，事情也跟以前不一樣了。

最後兩人說好，每個人各問一個問題來決定到底要怎麼做？

小天先問：「知曉石，使知曉，你是不是想被還回去？」說完，將知曉石往上拋，一面粉紅，但另一塊卻是立了起來，顯得詭異。

「你看，連它自己都不知道怎麼辦？」小天被嚇哭了。

小海沒哭，而是虔誠的問：「知曉石，使知曉，如果我們還回去，是不是會變得比較快樂？」石頭上拋，一面粉紅，一面雪白，小海第一次覺得那顏色顯得溫馨。

「你看，我們還了，才能找到原諒啊！」看著這結果，小海懇求著小天這麼解決，小天還

在猶豫不決，兩人這時想起奶奶準備的袋子，打開袋子，發現裡頭只有一張紙，看完這張紙，小海抱著小天，兩人一起大哭，原來奶奶什麼都知道啊。

7.

數日後，小礫爺爺的石頭店傳出消息：知曉石悄悄出現了，又悄悄消失了。

全村的人都聚集在小礫爺爺那裡，想知道發生什麼事了？

小礫爺很高興的說，他想清楚了，知曉石屬於星月村，幾千萬年前就存在著，其實他也不應該占為己有，聽說知曉石回到星月溪裡，星月溪又變熱鬧了。

小礫爺爺還主動邀請小天和小海到店裡玩，雙胞胎很想跟奶奶分享這些改變，但朱鸝說，奶奶忙著經營新公司，目前無法聯絡上。他們將那張紙條帶回家，因為這算是今年暑假最得意的收穫了，他們在開學後講了知曉石和好說謊公司的故事，同學都聽得一愣一愣，被大家推舉為第一名，相約明年要來星月村找小礫爺爺和雙胞胎的奶奶。

喔！對了，他們的暑假作業上貼著奶奶給的紙條，紙條上寫著：

如果好說謊公司的商品都已經無法讓你比較快樂，請到奶奶的新公司採購最新一劑「實話實說」的特效藥，讓你放下心中大石頭。

編委的話

● **林宜暄：**

雖然這家公司賣的產品都讓我感到很新奇，像坐了會讓自己安心的沙發，還有一堆奇奇怪怪的東西，可讓說謊的人不會坐立難安，但是我覺得說謊就是不對的，如果沒有說謊的話，就不必去買那些怪東西了。而且，故事中的主角雖然用了這些東西，不過不管怎樣，說謊還是會讓人感到良心不安，所以，我學到做人還是誠實一點、不要說謊比較好。

● **林宸伃：**

哇！太酷了，故事中，有一家「好說謊公司」和一顆叫「知曉石」的石頭。看了這篇文章後，雖然覺得有好說謊公司存在，可以讓人比較安心，但還是不要說謊比較好，因為說謊會讓自己添上許多麻煩與不安。

● **鄭博元：**

我覺得作者很厲害，可以想像出豐富的劇情，呈現出主角傷心、失望、驚訝、不知所措等情緒，把故事寫得很有轉折，讓人一直想要看下去，知道結果如何。

本文榮獲一〇四年教育部文藝創作獎童話組佳作

剪影子 ／陳彥廷

◎ 插畫／劉彤渲

作者簡介

南投人，師大地理系畢業。目前任教於國立華僑高中，並於北藝大劇創所進修。

童話觀

以隱喻的世界說愛。

「起床啦！再睡就要天黑了，」媽媽對雯雯喊道，「明天是星期一，要早起上課，妳這樣晚上會睡不著喔！」

雯雯「嗚」了一聲，迷迷糊糊的坐起，揉揉雙眼，看著穿好制服、準備出門的媽媽。

「晚餐在桌上，趁熱吃。」媽媽說完，回頭給雯雯一個美麗的笑，在那個笑容裡，雯雯看到一朵花綻放的樣子。

「我出門囉。」媽媽說。

雯雯點點頭。

鐵門「砰！」一聲扣上，窗外昏黃的陽光照進房間裡來，有種溫暖的陰暗。雯雯的頭還重重的，午睡後的恍然還沒有完全離開。她看著床邊的衣櫃、冰箱、電扇和桌椅，在這個她與媽媽相依為命的小套房裡，每樣家具都被黃昏的顏色給感染了，散發著神祕的氣氛。

「嘿！」突然，衣櫃方向傳來聲音。

「什麼？」

「雯雯！在這裡！」那聲音說。

雯雯抬起頭來一看，衣櫃上竟站著一個穿黑色西裝、戴紳士帽，但卻只有雯雯手掌大小的人。

「你……你是誰？在我家做什麼？你怎麼知道我的名字？」雯雯瞬間驚醒，害怕又緊張的問道。

「妳好，」那人不慌不忙的說，「我叫作小影，是『光影公司』的員工。我已經等妳很久了。」

「什麼公司？」雯雯問。

「光影公司，就是收集光線和影子的公司。」小影說，「先顧不了這麼多，我再慢慢跟妳解釋。現在，請妳幫幫忙吧！再晚就來不及了。」

「幫忙？」

「對，幫忙我剪影子。」小影說。

「剪……剪影子？」

「沒錯，」小影回答，「妳有沒有看到衣櫃上面有一雙白色的手套和一把剪刀？」

「嗯。」

「來，先把手套戴上，再用那把剪刀把房間裡的影子都剪下來。」小影從口袋裡掏出一個木盒。「然後，我會把影子收到這個木盒裡。」

「什麼？」雯雯覺得實在匪夷所思，一時之間不知如何反應。

「快一點！」小影著急的說，「再晚，今天的影子都要錯過啦！」

「喔……。」不明所以的雯雯，就這樣在小影的催促下拿起手套戴上。那雙手套有點像媽媽開計程車時戴的服務生手套，但是更輕更軟，戴上後雙手暖烘烘的。正覺得新奇時，雯雯往下一瞥，自己的影子竟然已經從身邊消失！

ABC

「我的影子……。」雯雯失聲叫道。

「要剪影子，當然得把自己的影子藏起來啊！」小影說，「別擔心，等妳把手套脫下，影子就會出現了。好，請妳先到這邊，把這塊冰箱的影子剪下來。」

「這……。」雯雯看著眼前這把毫無奇特之處的剪刀，不禁心生懷疑。

「相信我，」小影看穿了雯雯的疑慮，對她說，「如果剪不起來，我再告訴妳怎麼辦。」

雯雯於是遲疑的依照小影所言，蹲在地上，沿著影子邊緣一剪——

啊！影子真的翹起來一塊！

雯雯驚訝得張大嘴巴。

「厲害吧！」小影說，「對我們公司來說，這只是最簡單的技術罷了！之後我再給妳看幾樣產品，妳才真的大開眼界呢！」

「是……。」雯雯還是不太相信自己所見，只是愣愣的蹲著。

「不要發呆了，快幫忙吧！」小影說。

雯雯這才回神，從地板、牆壁、家具上，沿著每寸影子的邊緣，一一把影子剪下。剪下來的影子很輕很柔，隔著手套摸起來，就像一片黑色的衛生紙。

每當雯雯剪下一片影子，小影就會拉著影子往木盒裡塞。說也奇怪，明明就只是銅板大小的木盒，小影這樣一點一點的，竟然也把整片影子收進去。

「既然要剪影子，你怎麼不早一點來？」雯雯問，「這樣，你就會有更長的時間可以剪啊。」

「因為這個時候的影子是一天當中最棒的喔！」小影說，「黃昏的日照很斜，每到這時，不論什麼東西都會有長長的、大片大片的影子；而且，這時的影子很美，明明是黑色的，在夕陽下，卻好像會發光。」

雯雯拉起剛剪下來的影子瞧，心想：「真的耶！我怎麼沒有注意過呢？」

忙了許久，小影終於把最後一片影子收進木盒裡。完成工作之後，兩人坐在地上休息，屋子裡原本被黑影占據的地方，現在盡是夕陽的黃光，明明已經接近晚上，房間裡的光線卻亮得讓人覺得刺眼。

「這個呢？」雯雯把手套取下後，自己的影子終於重新出現。她指著地上自己的影子問，「這個不剪嗎？」

「傻孩子！」小影回答，「自己的影子當然不能剪啊！這是一個人最重要的東西之一喔！今天這樣就可以了，為了表示感謝，我要把這個送妳。」

說完，小影從口袋裡拿出一顆閃閃發光的半透明小彈珠。「這可不是普通的彈珠，而是我們公司最新研發的產品，叫做『琉璃彩球』！」小影煞有其事的介紹著，「只要把這顆球放在陽光下，就會折射出各種彩色的光芒！」

「真的嗎？」雯雯滿心歡喜的接下琉璃彩球，喜孜孜的看著。對她來說，幫忙只是舉手之勞而已，她從來沒有想過要有什麼回報。

「謝謝你！」雯雯說！

「不客氣。」小影一邊回答，一邊把木盒頂在頭上。「還有，請不要告訴任何人剪影子的事情，這樣會引起一些麻煩。」

雯雯答應了。

「那就先這樣，再見！」小影說完，蹦蹦跳跳的往衣櫃後走去，一轉眼就消失了。

小影離開後，雯雯看著手中的琉璃彩球，還在為剛剛奇怪的際遇沉思著；一直到太陽下山、窗外的路燈轉亮，雯雯的肚子這時才咕嚕咕嚕叫了起來——原來已經六點了！難怪肚子這麼餓！

雯雯於是坐到桌邊吃起晚餐，每吃幾口飯，她就拿起琉璃彩球把玩一下，一直到洗完澡、刷完牙、躺上床了，那顆晶瑩剔透的球都還拿在手上，怎麼也捨不得放下。

隔天上課時，雯雯總無法專心聽講，一心只想著那顆琉璃彩球；第一節下課時間，雯雯約了幾個朋友一起到教室外的花圃中，把琉璃彩球放在陽光下，兩秒後，花圃中間竟升起一道小小的彩虹！

「哇！好漂亮！妳在哪裡買的？」

「可不可以借我看一下？」

美麗的琉璃彩球讓同學們都嘖嘖稱奇，這使得雯雯覺得得意極了！從小，當同學得到的新東西——手表、鉛筆盒、髮夾，她總是好羨慕，可是她也知道，媽媽每天這麼辛苦的開夜車，只為了讓她能夠吃飽穿暖、安心上學，所以，雖然從來沒有說出口，但雯雯也好希望能擁有什麼獨一無二的東西，讓自己在同學面前有些不一樣。

而這顆琉璃彩球實現雯雯小小的願望，讓她覺得自己好特別。

好不容易，放學鐘聲響了，雯雯迫不及待的奔跑回家。

「今天怎麼這麼急？」媽媽看著氣喘吁吁的雯雯，擔心的問著。

「沒事，」雯雯心不在焉的回答，「媽媽，妳還不出門嗎？」

媽媽愣了一下，一直以來，雯雯總黏著媽媽、要媽媽多陪陪她，這樣催媽媽出門，還是第一次。

「好吧！晚餐在電鍋裡，趕快吃。」媽媽說。

「我知道了。」

雯雯一聽到樓下傳來媽媽發動計程車的聲音，便趕緊對著衣櫃問道：「小影，你在嗎？」話還沒說完，小影就從衣櫃後面跳了出來。

「怎麼樣？昨天的彩球還喜歡嗎？」小影問。

「好喜歡！」雯雯高興的說，「不只我喜歡，連我的同學們都好喜歡喔！」

「喜歡就好，」小影回答，「那麼，今天也請妳幫幫我囉！」

「沒問題！」雯雯拿起小影衣櫃上的手套和剪刀，馬上開始剪起影子。

一個小時過去，房間內的影子都被剪得差不多，小影說：「為了感謝妳今天的幫忙，我要再送妳另一樣東西。」接著，小影從口袋裡拉出一枝細長的黑色筆，筆身上畫滿了細緻的圖案，有小鳥、有魚、有花，每一種圖案雖然都是黑色的，卻又以細膩的深淺色差顯現出各種圖案的線條。

「這枝筆叫『花鳥筆』，是我們把影子用最新技術轉印到筆身上，目前只有光影公司能夠做得這麼好喔！」

「謝謝你！」雯雯接過筆來，細細端詳著，這麼新、這麼好的東西，原本她想都不敢想，現在卻一下子有了兩樣！

「明天也要麻煩妳，再見！」小影說。

隔天，當雯雯把筆秀給同學們看，同學們都羨慕得不得了。

之後的每一天，雯雯總會在傍晚時替小影剪影子，再將小影送他的那些光影公司的產品帶到學校跟同學們「分享」。那些同學們從未曾看過的產品——隨著時間變換顏色的「月光項鍊」、在黑暗中發光的「星星戒指」、變換光彩的「奇幻鑰匙圈」，各式各樣光影公司的產品，讓雯雯一次次嘗到受矚目的滋味——

「好好喔！妳每天都有新玩具。」

「這些到底在哪裡買的？我去好幾家文具店都找不到！」

才短短兩個月，雯雯已經成為班上最受歡迎的人了，大家都期待著她今天會帶來學校的東西，也都希望跟她做朋友；越來越多人主動在早自習前替她打掃、買零食請她吃，只希望能借她的東西看一看、摸一摸，能在雯雯帶來新東西時第一個拿到。

可是，雯雯原本最要好的朋友，那個她從小無話不談、什麼事都一起做的玉茹，卻開始與她有了距離——

「雯雯，」有天，玉茹終於忍不住對她說，「我覺得妳變了。」

「我是變了啊，」雯雯不以為意，「妳不覺得我變得更好、有更多朋友了嗎？」

「可是，」玉茹回答，「妳都不陪我去合作社、體育課也不跟我一起走到操場了。」

「我也希望能和妳一起去合作社、一起去操場，」雯雯說，「不過每節下課都有人要借我的東西，我也不好意思拒絕。」

「好吧，」玉茹回答，「我只是希望我們像以前一樣……。」

這時，婕妤抱著一個娃娃走過來對雯雯說：「妳看！這是我爸爸從日本寄給我的，我們一起玩吧！」

「當然好！」雯雯說，「我先去上廁所，妳等等我。」

「那我陪妳去廁所。」婕妤說。婕妤的爸爸在大公司當經理，常常往國外飛；遇到小影之前，雯雯從沒想過自己能有機會跟婕妤做朋友。

「我去上廁所。」雯雯對玉茹丟下一句話，便和婕妤一同走出去了，兩個人笑笑鬧鬧的，即使出教室了，笑聲還是從走廊傳到玉茹耳裡。

當天放學後，雯雯因為隔天的校慶耽擱，回到家時已經天黑了。一進門，她就看到小影氣呼呼的站在桌上。

「對不起，」雯雯說，「明天是校慶，我臨時留下來幫忙布置。」

「妳怎麼可以這樣？」小影道，「我左等右等、等不到妳回來，又看到天快黑了，急得不得了，只好自己開始剪影子，我還沒剪完衣櫃太陽就已經下山了。都是妳啦！害我今天根本沒有收穫！」

「對不起嘛！」雯雯說，「我真的不是故意的，大家都留下來，我總不能不留啊！我剛剛心裡也很著急。請你原諒我嘛！」

「算了！」小影沒好氣的說，「今天就當我倒楣，希望這種事情不要再發生，要不然，我要找其他人幫我剪影子了。」

雯雯一聽，急忙回答：「不……不會、千萬不會，讓我繼續幫忙吧！我以後無論如何都會準時趕回來的！」

「希望是！」小影說，「那我先走了。」

「你要走了？那……。」

「怎麼了嗎？」小影問。

「你今天……有帶……。」雯雯支支吾吾的說。

「妳是說禮物嗎？」小影說，「有，我今天有帶，但是妳沒有幫忙，不能給妳。」

「不要這樣嘛！」雯雯哀求著，「明天校慶，大家都可以穿自己最好的衣服上學，我沒有什麼好看的衣服，至少讓我帶個新東西去，拜託嘛！」

「不行！」小影說，「是妳自己選擇不準時回家、讓我在這裡空等的；妳害我的工作沒有完成，我不能把禮物給妳。」

雯雯急得都要哭出來了，她早就跟婕好說好，校慶時要帶一個新玩具相互交換，如果自己到時候兩手空空，婕好一定會生氣的。

「求求你！」雯雯說，「我明天開始一定會準時到家，也會努力的幫你剪影子的！」

「沒有付出，就沒有獲得，」小影決斷的說，「我要走了，再見！」

小影說完，頭也不回的跳上衣櫃走，只留下無助的雯雯孤零零站在房間裡。雯雯東看西看，希望能找到一個像樣的東西跟婕好交換，可是大部分小影給的禮物都被同學借走了，留在房間裡的，又都是婕好已經看過的。沒辦法，只好想個說法來安撫婕好——

「我們約定好了！」隔天早上，當婕好皺著眉頭對雯雯說。

「是我不對，我真的忘了，我明天一定會帶的。」雯雯卑微的回答，這是她好不容易才交到的朋友，她好珍惜。

「好吧，」婕好說，「那我先把我的禮物給妳，妳明天一定要帶喔！」

婕好送她一塊精緻的香皂，香皂用畫滿玫瑰花的鐵盒包裝著，鐵盒外還繫上藍色的絲帶，想必是非常昂貴的東西吧！

好不容易捱到放學，雯雯飛也似的衝回家，一到家就催著媽媽出門。

「妳最近怎麼了？」媽媽問，「妳是不是有什麼祕密？」

「沒有，」雯雯心虛的回答，「我只是想要有多一些時間安靜念書。」

這是雯雯第一次騙媽媽。

媽媽出門後，雯雯站在衣櫃前不安的等待著，可是，隨著太陽越來越斜、天色越來越暗，小影卻一直都沒有出現！

「小影、小影！」雯雯焦急的喊著，「拜託你，我已經到家了！」

仍然一點動靜也沒有，雯雯看了一眼掛在牆上的時鐘，晚上八點了！

「怎麼辦？怎麼辦？」雯雯在房間裡來回踱步，不斷想著，「我要跟婕妤說什麼理由？跟其他人怎麼解釋？我說我又忘記了……要不然明天請假？還是……。」

雯雯整晚翻來覆去，不斷想著各式各樣的藉口，祈禱著婕妤會相信她。

隔天一大早，她懷著忐忑不安的心情向婕妤說：「我把東西丟在媽媽的車上了，我真的有準備……。」

然後是第三天、第四天、第五天、第二個禮拜、第三個禮拜。

「妳騙我，」婕妤對她說，「我再也不要當妳的朋友了。」

雯雯看著婕妤轉身走掉的背影，心裡好難過：此刻的她已經失去一切了，她失去了玉茹、失去了婕妤、失去大家對她的包圍和羨慕、也失去對媽媽的誠實和依賴。這是她第一次感到孤獨，從前，即使在媽媽兼三份工作、完全沒時間陪她的時候，她都沒有這麼孤獨過。

這天，雯雯同樣垂頭喪氣的從學校回來，進門之後，雯雯看到媽媽留的紙條，媽媽說她早一點出門了，不打擾雯雯讀書。正當雯雯萬分愧疚時，卻聽到一個熟悉的聲音：「幫我剪影子吧！」

雯雯回頭一看，啊！那不是小影嗎？小影捧著木盒，正笑嘻嘻的站在衣櫃上。

「你回來了！」雯雯喜出望外，「我等你好久！」

「我放了個長假，」小影說，「因為妳的幫忙，我的業績是全公司第一名！我老闆很高興，讓我好好休息一陣子。」

「你是說……？」雯雯聽到這裡，猛然覺得有什麼地方不對。

「是啊，我到昨天才回來呢！」小影說，「今天我準備了更棒的禮物喔！剪刀和手套都在衣櫃上，我們這就開始吧！」

看著興致盎然的小影，雯雯卻只是站著不動，這讓小影有些錯愕。

「快開始啊，」小影問，「還是，妳忘記怎麼剪影子了嗎？」

「我不要幫你了！」雯雯斷然的說。

「不要？為什麼？」小影問。「妳不要禮物了嗎？」

雯雯搖搖頭，緩緩說道：「你說你能夠放長假，都是因為我的幫忙，所以，剪影子其實是你的工作吧！我這段時間幫你做的，你其他的同事，都是獨力完成的吧！」

「妳怎麼會這樣想呢？人本來就應該互相幫忙啊！」小影慌張的回答，「我也幫了妳、也給了妳禮物不是嗎？妳不是說，每一樣禮物妳都喜歡，也靠這些禮物交到新朋友嗎？」

「我的確很喜歡那些禮物，」雯雯說，「也確實交到了新朋友。可是，只因為我沒有再拿出新東西，那些朋友就都離開我了。小影，我很謝謝你送我的禮物，但是你從一開始就知道了不是嗎？知道我會幫忙、知道我會在意你的禮物、知道你可以從這中間得到更多。」

小影低著頭，什麼都說不出來。

「你甚至……」雯雯嘆了口氣，「你甚至不應該出現在我們的世界、不該讓我看到吧！」

小影默默的聽著，夕陽在窗戶外悄悄移動，天漸暗了。

「對不起，」好一陣子，小影才緩緩開口，「我不該這樣利用妳，我實在太貪心了。我不會再來打擾妳了。」

說完，小影轉身跳進衣櫃，消失了。

雯雯看著房間裡交錯的影子，這是屬於她的景色，從此以後，不會再被剪走了。

隔天早上，原本總在她出門後才回家的媽媽，竟然提早回來。

「我陪妳一起吃早餐，」媽媽說，「我們已經好久沒有一起吃飯了。妳最近還好嗎？有沒有什麼煩惱？媽媽比較忙，不過如果妳有困難，一定要跟我說，知道嗎？就算我不能解決，也會一起想辦法，好嗎？」

雯雯默默看著媽媽，心裡覺得好不捨，這麼重要的，她卻差一點就要放掉了。

「我很好，」雯雯說，「媽媽，妳今天可不可以等我回家以後再去上班？我發現，我們房間裡的影子，在黃昏的時候特別漂亮喔！」

本文榮獲一〇四年教育部文藝創作獎童話組優選

編委的話

● **林宜暄：**

這篇文章不但令我印象深刻，也是我非常喜歡的故事。故事中，我覺得最特別的地方是剪影子的部分，因為我很好奇影子要怎麼剪、剪下來會變怎樣。我也好想嘗試剪影子，不過這是童話，真實世界不可能發生。我覺得故事內容除了有童話的感覺，還蘊含了很多道理，例如：不要利用他人、用物質換來的友情並不是真的；故事主角拿了各種不同的東西和朋友交換，就是為了受矚目、交更多朋友，等到她拿不出新奇物品時，平常那些常常接近她的人，就逐漸遠離了她。

● **林宸伃：**

哇！沒想到戴上那神奇的手套、拿著那神奇的剪刀，就能剪下所有影子；一拿下手套，就能讓剛剛剪下來的影子，回到原本所在的地方。我從文章中「影子公司」的小影與主角雯雯互動的過程發現：用禮物換來的朋友，不是真正的朋友！我也從文章中學到，不能貪心、也不能利用別人的道理。

● **鄭博元：**

這篇童話告訴我們，做人不但不能貪心，更不能利用他人。故事裡的光影公司很特別，有著專門剪影子的剪刀和手套。我覺得作者很厲害，非常有想像力，創造出不可思議的角色、物件，讓普通的世界發生奇妙的事。

奇遇貓頭鷹 ／葉翠雰

◎ 插畫／劉彤渲

作者簡介

臺南人。國立臺北教育大學臺文所畢業。國小老師。從小愛看卡通，愛讀童話，對影像與文字中的奇幻世界著迷不已。終於也能提筆書寫，從聽故事的人變成說故事的人。

童話觀

讀的時候欲罷不能，讀完以後猶有餘韻低迴，那是最棒的童話。

二年一班教室。

家豪坐在第一排第一個座位，正望著窗外發呆。

方老師走到家豪旁邊，拍了一下家豪的肩膀，又指了指桌上沒打開的國語課本。

家豪這才回過神來，看了一下老師，發覺同學正在念課文，趕緊翻開課本。但是找不到大家念到哪裡了，就乾脆抬起頭，搖頭晃腦，嘴巴隨便開合，直到課文念完。

方老師看著家豪，輕輕搖了一下頭。接著要大家把習作拿出來，練習國字和注音。

家豪翻了翻塞得亂七八糟的抽屜，抽出國語習作，有幾本作業簿和揉得皺巴巴的學習單也掉到地上。

趙博凱高舉右手，大聲說：「老師！王家豪的數學練習簿從他抽屜掉下來了！」

方老師皺起眉頭：「家豪，你怎麼說沒帶呢？」

「我忘記了。」家豪一臉無辜。

「功課寫了嗎？」方老師問。

「寫了。」家豪小聲回答。

「那趕快交給老師！」

「可是我還沒寫完……。」家豪聲音更小了。

方老師有點生氣了：「那就下課留下來補寫吧！」

「喔。」家豪嘟了嘟嘴巴，轉頭瞪趙博凱一眼。

「要不是他告狀，老師就不會知道了。」家豪一邊心裡嘀咕著，一邊無奈的打開習作，在空格裡寫著歪歪扭扭的字。

下課了，教室裡只剩下家豪。他在數學作業簿上東畫畫西畫畫，一點也不想寫。

家豪走向老師的辦公桌：「老師，我要上廁所。」

方老師懷疑的看著他：「補寫完功課再上！」

家豪誇張的扭扭屁股：「可是我很急耶！」

方老師又好氣又好笑：「趕快上完趕快回教室！」

「喔。」家豪隨口應了一聲，旋即快步走出教室。

家豪雖然個頭小，卻是班上的飛毛腿。他一離開老師的視線，便如脫韁野馬，一溜煙就飛奔到操場。

班上同學正在玩躲避球。趙博凱順利閃過一球，轉過身，接住另一邊同學丟來的球。

家豪邊跑過來邊說：「我也要玩！」

趙博凱握著球，問：「你補完功課了嗎？沒寫完不能下課啊！」

「唉唷沒關係啦！」家豪哀求的說。

「不行就是不行！」趙博凱是班長，總是義正辭嚴。

「討厭！臭趙博凱！」家豪氣呼呼的低聲碎碎念。

家豪百無聊賴的沿著跑道閒晃，東張西望。正當他抬起頭，忽然瞥見操場角落那棵高大的蓮霧樹上，好像有什麼東西掉下來了，茂密的草堆閃過一絲奇異的亮光。

家豪朝掉落處跑去一探究竟。

他走近撥開雜草，發現一個手掌大小的木刻貓頭鷹。貓頭鷹的頭臉翅膀腳爪都雕刻得很細緻，怪的是只有一隻眼睛。那顆眼珠像七彩的玻璃，在陽光照射下閃閃發光。

家豪好奇的摸著貓頭鷹的獨眼，眼睛上方有一道弧形眼皮，他手指一撥，眼皮隨即闔上蓋住眼睛，這時他感覺指尖一陣酸麻，像觸電了，急急把手縮回來。他呆愣了幾秒鐘，才意識到周圍的喧鬧聲消失了，整個操場像是按了靜音一樣，被寂靜淹沒。他抬頭看看四周，操場上的人都不動了！時間，竟然靜止了……。

家豪瞪大眼睛，深深吸了一口氣。這詭異的景象令他又驚訝又害怕。

他低頭注視貓頭鷹，輕輕翻開貓頭鷹的眼皮……。這時貓頭鷹的獨眼閃現一道光芒，喧囂聲瞬間爆開，操場上的學生又繼續先前的動作。

家豪觀看了一下，思忖著：「把貓頭鷹的眼睛闔起來，大家就都會一動也不動了嗎？」

他伸手迅速撥下貓頭鷹眼皮。操場又靜止無聲。

家豪仔細環顧周遭，接著再次翻開貓頭鷹眼皮，果然像取消暫停一樣，大家又活動起來。

「哇！這是個魔法貓頭鷹啊！」家豪臉上堆滿笑容。

他興奮的撥下貓頭鷹的眼皮，然後把貓頭鷹塞進褲子口袋裡，開心的跑向靜止的操場。

家豪跑到趙博凱旁邊停下來。

趙博凱身體微向前傾，伸長雙手準備接球，躲避球在他前方不遠處，靜懸在半空中。

「臭趙博凱！」家豪決定讓趙博凱接不到球，跌個狗吃屎，挫挫他班長的威風。

家豪握住靜止的球，用力壓到地面。

「這下你就接不到了！」家豪得意的對趙博凱扮鬼臉。

接著，家豪一個個巡視著打躲避球的同學，發現鄭順裕口袋露出一截掌上型電玩。他一直很想要一臺，可是爸媽都不買給他。現在，他可以大玩特玩了！

家豪抽走電動，笑咪咪的跑到樹蔭下坐在石椅上，開始專注的和螢幕上的怪獸廝殺。

不知過了多久，家豪闖關成功，電動螢幕上灑下繽紛彩帶和汽球。他高興的大喊一聲：「耶！」然後站起身，揉揉眼睛，伸伸懶腰，緩緩踱步回教室，把電動塞進書包裡，再拿出魔法貓頭鷹，翻開眼皮。

上課鐘響。家豪完全忘記他要補寫功課這件事了。

「王家豪！你又偷跑去玩了對不對？」方老師生氣的問。

家豪愣了一下：「我……我去上大號啦！」

方老師嘆了一口氣：「這節下課再留下來！」

「喔。」家豪無奈的應了一聲。他心裡盤算著，這節下課要打掃，掃慢點就可以拖時間了。

門口傳來鄭順裕的聲音：「老師，趙博凱受傷了，我剛剛帶他去健康中心擦藥。」趙博凱一跛一跛的被攙扶著走進教室。

「怎麼會受傷呢？」方老師快步走過去查看趙博凱貼著紗布的膝蓋。

「接球的時候不小心摔倒了……好痛！」趙博凱紅著眼眶。

方老師摸摸趙博凱的頭：「以後要小心一點！」

這一節要考數學。家豪把考卷往後傳時，眼光掠過趙博凱痛苦的表情，心裡卻一點也沒有幸災樂禍的感覺。他原本只想讓趙博凱接不到球，出出醜，沒想到趙博凱會跌傷膝蓋，還傷得不輕。

方老師看到家豪又在發呆了：「家豪，寫考卷要專心！」

家豪抿抿嘴，回過身來看考卷。他覺得考試好煩，就是不想寫，考卷上的字好像在跳舞，交疊成一團。他摸摸口袋，斜著眼偷瞄方老師，老師正在改作業。

家豪慢慢拿出魔法貓頭鷹，輕輕闔上它的眼皮——教室裡每個人都「暫停」了。他掃視教室一周，起身走到老師的辦公桌，從桌上拿走答案卷，回座位照著抄。

這節下課打掃時，家豪很認真的擦黑板、打板擦、收粉筆、擦板溝，喜孜孜的期待著一百分的數學考卷。

第三節是家豪最喜歡的音樂課。

音樂教室裡，賴老師彈鋼琴，小朋友愉快的唱著歌。家豪模仿聲樂家的表情和手勢，逗得旁邊的同學嘻嘻哈哈笑了起來。

「我的電動不見了！」鄭順裕突然大喊。

大家都轉頭看他。

「是帶來音樂教室不見的嗎？」賴老師問。

「我也不知道，反正就不見了啦！」鄭順裕緊皺著眉頭。

「老師不是說不能帶玩具嗎？」趙博凱覺得鄭順裕根本就不應該帶電動來學校。

「順裕，你先別急，等一下下課去學務處問看看，說不定有人撿到了。」賴老師安慰他。

家豪專注的聽著大家的對話，頭慢慢垂下來。

第四節課，才剛打鐘，班上的同學們就叫嚷著，快步走進教室跟方老師報告：

「老師，鄭順裕的電動不見了！」

「我們去學務處問過了，也沒有人撿到。」

鄭順裕怯生生的走向前：「我本來放在口袋裡，剛剛上音樂課才發現不見了……。」

「可能下課掉在操場吧？」

「會不會掉在廁所了？」

「誰叫你要帶來學校！」

「你上次也帶遊戲王卡來……。」

「一定是撿到的人不還你了！」

圍在旁邊的同學七嘴八舌談論起來。

「那臺電動很貴，我爸爸一定會打我屁股啦！」鄭順裕忍不住哭了起來，圓圓的臉蛋上，眼睛鼻子嘴巴都擰絞在一起了。

方老師遞了一張衛生紙給鄭順裕。

「別哭了，哭不能解決問題。如果真的找不到，也沒辦法了！」方老師嘆了一口氣。

「大家先回座位吧。」

方老師看了看全班同學，諄諄告誡：「今天班上有人受傷，又有人弄丟電動，老師覺得你們太不會照顧自己了！你們已經二年級了，應該要學會保護自己，管好自己的東西，這樣才不會讓老師和爸爸媽媽擔心！」

家豪摸了摸口袋，一時心情有點複雜，但他決定不要多想。

「第二節考的數學，老師已經改好了，回家要訂正簽名。」

方老師一一唱名，把考卷發給同學。

「家豪……一百分……。」方老師狐疑的看著家豪。

「耶！」家豪興奮的比出勝利的手勢。

家豪背著書包回到家，姊姊家芬正從冰箱拿出飯菜。

「媽媽咧？」家豪手上拿著數學考卷。

「今天星期三我也讀半天，媽叫我幫忙熱剩菜，她有事出去。」家芬把飯菜放進電鍋。

家芬讀六年級，平常會幫忙做家事，也會教家豪功課。只是家豪太貪玩、沒耐心，又賴皮，家芬對這個弟弟常有使不上力的感覺。

「那爸咧？」家豪接著問。

「早上工頭伯伯有打電話來，爸應該是到工地去了。你什麼事？是不是又被老師寫聯絡簿了？」家芬倒了杯水。

「妳看！」家豪向姊姊展示考卷。

家芬看到考卷，喝進嘴裡的水一時吞不下去，嗆得咳了幾聲。

「你是不是偷看同學的答案？」家芬瞪著家豪。

「我才沒有偷看同學的咧！」

「真的？」

「真的啦！」家豪一臉理直氣壯。

「最好是。那等一下吃完飯，我把答案蓋住，你再算一次看看。」

「我才不要咧，都已經考完了，為什麼要再算一次？」家豪嘟起嘴巴。

「這樣才知道你是不是真的會了啊！」

「妳好囉嗦喔！」家豪皺著眉頭抱怨。

「書包放下，不要一直背著。聯絡簿先給我，我看你今天有什麼功課。」

家豪打開書包，翻找聯絡簿。

「你的書包都裝什麼垃圾呀？」家芬受不了家豪凌亂的書包。

「我幫你整理啦！」

家芬拿走家豪的書包，家豪趕忙伸手想把書包搶回來。
「王家豪！你幹嘛跟我搶書包！」家芬把書包抱緊。
「那是我的書包！還來啦！」家豪又急又氣。
家芬一邊快速轉身，甩開家豪，一邊打開書包，翻了幾下。
「這哪來的？」家芬從書包拿出電動。
「嗯……跟同學借的啦！」家豪隨口扯了謊。
「哪個同學？」家芬繼續追問。
「唉唷說了妳也不認識啊！」家豪不耐煩的回答。
「那先給姊姊保管，明天我跟你一起拿去還人家。」
「唉唷不用妳管啦！」
家豪趁家芬不注意，一把搶走電動，轉身奪門而出。
家芬一驚，隨即追了出去。
家豪像隻狂奔的小老鼠，飛快的跑下公寓樓梯。
家芬著急的邊追邊喊：「家豪！你不要跑啦！跑那麼快會跌倒！」
家豪頭也不回，打開一樓大門往外衝。他從門前的巷子拐進另一條小巷，見家芬沒追上，就把電動塞進褲子口袋，從另一個口袋拿出魔法貓頭鷹，準備按「暫停」，好喘口氣。這時，一輛機車正巧騎經過家豪身邊，家豪往路邊退了一步，視線順著機車往回看，家芬剛好彎進小巷，眼看就要撞上機車……。

「啊……！」家芬驚呼一聲。

家豪趕緊撥下貓頭鷹的眼皮，因為太慌張，用力過度，把眼皮連同眼珠都扯了下來。

機車和家芬都靜止了。

家豪扔下貓頭鷹，跑到家芬旁邊。他喘著氣，看看家芬，又看看機車，然後走到機車前方，用力把機車龍頭挪向左邊，這樣機車應該就不會撞到家芬了。

家豪走回去撿起貓頭鷹，發現貓頭鷹的玻璃眼珠碎裂一地，眼皮也裝不回去了……。他跌坐在地上，怔怔的看著貓頭鷹空洞的眼窩。過一會兒，他把碎玻璃一片一片撿起來放進貓頭鷹眼窩，直到所有碎片都撿完。但是，巷道依舊靜寂。

魔法貓頭鷹失去魔力了！

「怎麼會這樣……？」

「變不回去怎麼辦……？」

這是家豪熟悉的巷子，一排低矮的房舍，幾棵路樹，小小的公園。公園旁的麵包店有他愛吃的泡芙和銅鑼燒；巷口的玩具店有他日思夜想的遙控飛機和變形金剛；轉到大街，還有各式各樣的商店和餐廳。但此時此刻，所有的美食、玩具，對家豪完全失去吸引力。他什麼都不要，他只想回到原來的世界。

家豪在路邊不知坐了多久，一顆心不斷翻攪。

漸漸的，靜寂的巷道好似陰森的鬼域，恐懼如魑魅魍魎撲向家豪。

家豪惶惑無助的哭了起來，先是低聲啜泣，不久就嚎啕大哭。

他跑去抱著家芬，大聲哭喊：「姊，我想跟妳回家啦！姊……嗚嗚……，我以後會聽妳的話，聽爸爸媽媽的話，聽老師的話……，我會做一個好孩子啦，嗚嗚……。」

又不知哭了多久，家豪累癱了，兩眼無神。他腦海裡斷斷續續跳出各種畫面：媽媽抱著他哄他睡覺，爸爸帶他去爬山露營，姊姊教他騎腳踏車，全家人為他慶生吃蛋糕，和同學一起到祕密基地探險，到動物園校外教學……，然後想到貓頭鷹，想到趙博凱鄭順裕電動躲避球數學考卷……，想到貓頭鷹的眼睛……。忽然間靈光一閃——玻璃眼珠！

家豪站起身，跑回家，打開玩具箱，拿出一顆玻璃彈珠，再跑回小巷，把貓頭鷹的眼珠碎片倒出來，小心翼翼的將玻璃彈珠放進空眼窩，彈珠剎時閃耀七彩光芒，隨即傳來機車的煞車聲。

「小朋友，不要在路上跑，很危險哪！」機車騎士也受到驚嚇。

「阿姨，對不起，對不起！」家芬急忙賠不是。

「好佳在沒撞到啦！嚇死我了！」說完，就催油門騎走了。

家豪跑過來緊緊抱住家芬：「姊……。」

家芬愣了一下，然後拍拍家豪的背，輕聲說：「姊沒怎樣啦！」

但看到家豪滿臉鼻水眼淚，家芬忍不住笑出來：「你怎麼哭成大花臉了？」

「唉唷不要笑人家啦！」家豪拉起衣領胡亂擦臉，臉更花了。

「好好好，那你老實說，到底怎麼回事？」看到家豪這種哭法，家芬語氣更溫柔了。

家豪精神還有點恍惚，一時不知從何說起。畢竟，他差點就沒能回到這個世界啊！

家芬見他沒說話，就接著問：「那個電動，同學有說要借你嗎？」

家豪回過神來，小聲回答：「我沒有問。」接著又說：「我只是借來玩一下，會還他的！」

「家豪，不告而取謂之偷喔！」家芬嚴肅的看著家豪。

「我知道，老師有講……，我明天就拿去還。姊，拜託妳不要告訴媽和爸啦，求求妳！」家豪雙手合十向家芬哀求。

家芬想了一下，說：「好吧！這件事就當作是我們兩個的祕密。你以後不可以再犯喔！」

家豪一臉正經的說：「我以後一定一定不會再拿別人的東西了。」

姊弟倆打勾勾又蓋手印，相視而笑。
「你肚子餓了吧？我們趕快回家吃飯！」家芬牽起家豪的手。
「嗯。」家豪這才感覺到肚子正咕嚕咕嚕叫。
家芬走了兩步又停下來：「家豪，那考卷呢？」
「我真的沒有看同學的。」家豪的表情不像在說謊。
「那你怎麼考一百分的？」家芬歪著頭問。
「說了妳也不會相信……。」家豪低聲咕噥。
「你是說，答案全都被你猜對了是不是？你這麼狗屎運喔？」家芬想不出其他理由了。
「姊，我有好多題不會，妳教我好不好？」
家芬注視著家豪，伸手摸他額頭：「沒發燒啊……今天是天落紅雨囉！」
「唉唷妳到底要不要教我啦？」家豪半撒嬌的說。
「難得你願意學，姊當然會教你，而且保證你期末考考高分。」家芬笑了起來。
「真的？」
「姊叫什麼名字？」
「王家芬啊！」
「所以啊，一定會幫你加很多分！」
「對喔……！」家豪笑得好燦爛。

家豪想起躺在路邊的魔法貓頭鷹，轉頭望去，卻發現貓頭鷹不見了。但一旁的大樹上，竟然站著一隻小小的、羽翼豐潤的、活生生的獨眼貓頭鷹，和木雕貓頭鷹幾乎一模一樣。小貓頭鷹轉向家豪，張開翅膀，飛走了。

「姊，妳看！貓頭鷹！」家豪指著樹梢。

家芬抬起頭，只見到空中一個模糊的黑影越來越小：「大白天的，不會有貓頭鷹吧？」

家豪目送小貓頭鷹，心裡輕聲說：「再見，貓頭鷹。」

他決定，明天要交齊作業，要把電動放到鄭順裕的置物櫃，還有，下課要留在教室陪趙博凱下棋，等到他膝蓋好了，再跟他一起去操場打球。

本文榮獲一〇四年教育部文藝創作獎童話組佳作

編委的話

● **沈世敏：**

故事中，家豪因為一個有魔法的貓頭鷹考試考一百分，後來卻一個不小心把貓頭鷹弄壞了，造成魔法失靈，不過這也讓家豪學到要認真努力，才可以得到好成績。作者用這個故事告訴小朋友，不管任何事，靠自己最好。

● **林宜暄：**

我覺得這篇文章還滿特別的，因為很多故事都是遇到魔法師之類的，很少有主角遇見魔法貓頭鷹。這篇文章除了很新奇、特別之外，還告訴我們不要隨便亂拿別人的東西，好險主角主動把電動還給它的主人，否則最後事情可能會鬧到不可收拾。

● **鄭博元：**

這篇文章令人一看，還想看下去，不知道家豪——一個很懶惰的人，有了能讓時間停止的貓頭鷹之後，會有什麼反應、做什麼事？家豪在最後瞭解到：擁有寶物，不見得就能隨心所欲，不見得就能過著完美的生活。這也是作者想告訴我們的。

與小園丁們留連童話花園

周姚萍

如果說，「童話」是個開滿奇花異卉的花園，身為創作者，也擔任過編輯的我，或許可說是這裡的園丁之一了，持續種下「童話」種子，澆灌著、呵護著它們長大，並曾照顧、篩選、收穫已長成的各色花草，紮成繽紛的花束，送到孩子面前。

因此，我對童話花園毫不陌生。

然而，這一次，我不再是個形單影隻的園丁，而有了四位小園丁相伴。三位女孩、一位男孩，都來自臺北市的新生國小：宜暄，文靜秀氣，講話小小聲的；宸伃，動作永遠最快，個性也與動作相襯，爽朗直率；世敏，感受纖細，很能與故事小小的趣味與感受發生共鳴，並沉浸其中；博元，很有自己的想法，思考行事都有條有理。

我與他們，看望著童話花園裡新花草的長成，並且六度攜手走入園裡，選擇出這年度最亮眼者。

走入園裡時，小園丁們看著旁邊的「小說花園」、「偵探故事花園」、「生活故事花園」、「童詩花園」，花朵們似乎都生得好蓬勃，因此常常說：「我們童話花園的花草好像比較少耶。」

其實，這不過是因為他們所關注的重心，全在童話，且一心期盼著快點冒出燦爛美麗的童話花朵，供大家欣賞、選取。

*

這年度的童話花園，來了往常較少見的種花人，例如向來留連於詩歌花園的蘇善，走進了這裡，種下童話種子，呵護著它成長，搖曳出詩意的姿態；過去較常出入小說花園的蔡宜容，今年也於此辛勤孕育出特有的蔡式風格花卉。

當然，一直以來辛勤的栽種者，像王文華、林哲璋、王家珍、賴曉珍、陳昇群、林世仁、亞平、黃文輝等等，仍是其中要角。

*

假設說，童話的表現形式是花朵的姿態，童話的主題或內涵是花朵的質地，童話的情感是花朵的香氣，那麼，這年度童話花園裡的花草，就在大家費心費力之下，搖曳出相異的姿態，散發著各種的芬芳，並有著不同的質地，等待著被發現、被感受。

林世仁的〈小音符〉，便展現出一種新姿態。它乍看是個想像新鮮的童話，但每段童話後，都緊接著現實生活的描述，讀者必須在「童話」、「現實」間來來回回，接起兩者的聯繫；也得在「童話」的輕盈，與「現實」的重量間蹦跳穿梭。

蔡宜容以〈一隻專門製造麻煩的龍以及其他故事〉入選，不過，這一整年，作品甚多的她，另有「惡狠狠偵探社」系列，看來是偵探故事，但其中委託辦案者，竟是青蛙、小王子等大家耳熟能詳的童話角色；偵探故事與童話的融合，亦屬新鮮姿態。

在主題或內涵方面，不管入選或未入選，都有不少觸及抽象而有趣的主題。例如蘇善包含了〈禁語令〉在內的「東坡君與西陵君」系列，林哲璋的〈無言國〉，都探討了「語言」。蔡宜容「惡狠狠偵探社」的〈深夜青蛙鬼吼鬼事件簿〉中，展現了「故事、文字」的本質。朱心怡的〈傻呼嚕〉講的也是「文字」。而陳昇群的〈矮聲音〉、嚴淑女的〈借聲音的小人〉則不約而同扣緊「聲音」此一軸心來發展。

至於林哲璋的〈風紀股長不要吵〉，在熱鬧派的風格中，呈現出觀看同一事物的不同視角，同時帶進「徵地、迫遷」的社會議題，可說更大跳脫了主要圍繞著兒童本身生活打轉的童話範疇。

*

與小園丁們一起走入花園時，我自己總是理性的根據花草的全貌來判斷、選擇：看姿態、賞色彩、聞香氣、感受質地，不過，孩子卻不是這樣的，他們常常因為看到某株花草上，閃耀著一顆晶瑩的露珠，就欣喜的飛奔而去，大聲讚嘆，並喊著：「我要選它。」

例如，〈孕婦補品〉中，母蚊子吸血，竟然還得辦VIP卡；例如，〈從來不準鐘〉裡，把理應準點的鐘，設定為「從來不準」；又例如〈蟑螂國第一勇士〉當中，蟑螂將人類「看到蟑螂就打」的反射動作視為挑戰，這些都令他們眼睛一亮，盯住了，視線便離不開。我也因這樣的歡呼讚嘆，不再只顧著觀看整體、理智評比，而能蹲下身來，好好凝視著那微小卻晶瑩的露珠。

過程中，小園丁們也會被旁邊「小說花園」、「偵探故事花園」、「生活故事花園」中的花卉，吸走目光，甚至忘情的走過去，嚷著要選其中某株花草。不過，當他們再次思索童話花園的花草，與其他花園的花草最明顯的不同處，也就很快恍然大悟，趕緊折返。而「誤入」其他花園幾次下來，反倒令他們更清楚童話的形貌與特質。

另外，我還發現，每當我們進了花園，三個女生常常不約而同，跑上一樣的小路，受到同一株花草吸引，而我跑啊跑啊，則總會在相同的路徑、相同的花草前，遇上博元。女生愛的花草，往往小巧些，形貌搶眼些，閃耀著豔麗的光彩。至於博元與我，則青睞更特異一點的風格，更強烈一點的表現。例如〈一隻專門製造麻煩的龍以及其他故事〉，就是我與博元都選中，並帶著三個女生，來到它的面前，介紹我們深受吸引之處，並成功的讓她們有所感受。又如我們兩人，也同時選了〈撿到巫婆丟失的東西〉這篇主角以瘋狂行為，來表達內心強烈期盼的作品，最後，雖然沒能成功說服三位女生票投此篇，但至少讓她們不至於忽略童話花園，還有這類花草的存在。

走入童話花園，小園丁們有欣喜、有迷惑，也免不了苦惱。一〇四年度的童話花園，有不少重要的種花人先後栽植了好幾株花草，如王文華、林哲璋、陳昇群、黃文輝。偏偏同一位種花人的不同花草，都深得小園丁們的喜愛，令他們得審視再審視，遲疑再遲疑，苦惱再苦惱，最後忍痛放棄其他，選出其一。

不過，到了要選出花中之王時，倒是意外迅速，因為四個孩子有志一同的選了陳景聰老師的〈零下十八度的願望〉。

博元認為，〈零下十八度的願望〉非常有感情，其中的溫度完全融化了他；宸伃覺得，故事環環相扣，帶來許多意外的驚奇；世敏喜歡這個故事有很多轉折，為她帶來莫大的吸引力；宜暄則說這個故事特別深奧、抽象，但是愈讀愈有味，她還為其中的文采著迷。

陳景聰所種下的花卉，確實堪稱花中之王，帶著迷離的色彩，初看，看不清真貌，但持續看著、看著，會忍不住朝它靠近再靠近，最終伸手碰觸了花心，並被其中的溫度，燙出了淚滴。

四個孩子中，儘管有人感覺不是那麼容易看透，甚至有人疑惑著故事最末段的用意，但裡頭的真情直透他們的心，令他們毫不猶豫的選擇了它。我想，這也正是它榮膺花中之王最重要的因素。

＊

一〇四年的最後一天，我們再次聚在童話花園中。大家都覺得一年來，看了這許多奇花異草，要討論、要評比、要抉擇，不免辛苦，卻又收穫豐富。

有人說：「好快喔，沒想到一年，這麼快就過去了。」大夥兒也都有類似的感受。是因為特別順利，才覺得時間過得特別快吧！之所以如此順利，自然要謝謝新生國小的邢小萍校長，是她找來四位這麼可愛優秀、不怕辛苦的小園丁，更提供校長室裡舒適的會議空間，讓我們不必因為找場地而奔波費神。

還要謝謝四位小園丁以及他們的家長。

宸伃媽媽是總連絡人，擔起繁瑣的聯繫工作；宸伃媽媽與博元媽媽共同負責收集《國語日報》、《未來少年》、《未來兒童》等報刊的工作，讓孩子們能分階段，安心的閱讀篇章；宸伃媽媽、博元媽媽、宜暄媽媽、世敏媽媽四位，在開會時，不但得接送孩子，也得在旁陪伴或等待，非常辛苦。

還有，博元爸爸與世敏媽媽，在孩子需要交稿時，幫忙寄送稿件以及確認等工作，這來來回回，也相當耗費精神呢。

能得到大家協助，與四位小園丁一起攜手走入童話花園，為見著繁花盛開而讚嘆，因蹲下身來欣賞一滴晶瑩露珠而感動，十分美好，更滿心感謝！

我心目中的好童話

沈世敏

從小，我最期待的時刻，就是聽媽媽或是幼稚園老師，為大家朗讀一篇篇生動有趣的童話。在幼稚園裡，老師總是故意將故事停留在緊張刺激或懸疑的部分，讓大家更期待隔天說故事時間的到來。這些，便是我最早接觸到童話的記憶。

升上小學後，為了能閱讀更多不同類型的童話故事，我拼起一個個注音符號，努力的讀，也開啟我愛上閱讀，將自己融入童話故事情節、充滿奇幻色彩的生活。

我心目中的好童話，首先，要有一個點，令讀者感到興奮、好奇、希望快點知道後來發生了什麼事；另外，就是主角所經歷的過程要有起伏迭宕；再來，想像必須出人意表，設定要奇特，能翻轉一般的想法與觀念，像是〈孕婦補品〉的蚊子就是孕婦，孕婦的補品就是人類的血，〈巫婆放假去〉裡的巫婆竟然是個好人。如果一篇童話缺乏這些要素，讀者就會感到無趣，而沒有意願繼續閱讀下去。

還有，取材也非常重要，像〈禁語令〉就非常特別；而修辭等優異的寫作技巧，更是能為內容加分。

這些好童話應具備的要素，與寫作應具備的要素是相通的，我也都一步步學習起來，往後就能加以運用了呢。

已經高年級的我，原本以為童話只有小一、小二的學生才適合看，可是，擔任小主編以後，我了解到，童話不僅僅是一則好看的故事而已，它具有跳脫現實世界、帶來驚奇的想像特質，而且，裡面的內涵很值得好好品味，也能從中有所收穫、得到成長。

而幾次開會討論下來，我更體會到：儘管熱鬧、有趣的童話，能立刻吸引住我的目光，然而，有些抒情的、安靜的，或風格特殊的故事，細細多讀幾遍，也能得到不同的感受。

選了故事後，我們必須撰寫「小主編的話」，這是件辛苦的事，不過慢慢的，我發現，為了寫出對入選童話的看法，必須反覆閱讀其內容，再將所得加以整理，一字一句的寫下來，這過程中往往能得到初次閱讀或討論時，未曾體會到的滋味。於是，一個童話不再是看完就結束了，而能留存於心中一再玩味，這其實是非常美妙的事啊。

閱讀是一種幸福，參與這本書的編輯，讓我有機會大量閱讀許多好童話，也更認識什麼是童話，原本只讀科幻和神話故事的我，更因此開始以新的眼光來看童話、閱讀童話。

很開心可以主編這本書，因為裡面有著我們辛苦的點點滴滴，希望有許許多多的人能欣賞到這本《一〇四年童話選》。

我心目中的好童話

林宜暄

我認為童話是透過豐富的想像，或誇張的手法來塑造形象、發展情節，用以反映出現實生活的故事。

幻想是童話的基本特徵，也是童話反映生活的特殊藝術手段。它讓動物或物品，有了生命；它帶來新奇、驚喜、甚至令人嚇一跳的情節。

童話還有各種不同的風格：詩意抒情的、熱鬧有趣的、神祕詭異的……其中，充滿笑點、情節出乎意料之外的童話，最容易讓我深深被吸引住，例如〈第三十八次偷襲〉就非常符合我的喜好，笑點很多，結局也令我大感意外。

此外，一篇童話的篇名也很重要，如果篇名很平淡無奇，就無法吸引讀者對故事產生好奇，於是，也難以留下很好的「第一印象」，甚至可能因此跳過不讀。相反的，如果篇名取得很好、有吸引力，讀者就會充滿好奇，甚至迫不及待想趕快閱讀，像〈風紀股長不要吵〉就是一個很好的例子：風紀股長明明就該管秩序，別人怎麼會叫他不要吵呢？光是看篇名，就感覺很特別，也引發我閱讀的慾望。

在擔任小主編的過程中，我讀到很多不同寫作手法的童話故事，而每個故事都有它的內涵。

閱讀時，如果看到表現手法或內涵比較深奧的童話，我學到不要只看表面，轉個彎，採取另一種角度，或許就能接收到作者要傳達給讀者的訊息；一讀再讀也是個好方法，而且，奇妙的是，原本不夠吸引我的故事，多看幾次，竟然能有所體會、有所發現，例如，〈落葉詩集第二十四號信〉裡安靜、夢幻的風格，我漸漸能感受了；又例如〈一隻專門製造麻煩的龍以及其他故事〉，我察覺它所採取的敘事風格非常特別，和別的童話都不一樣。

學會看出童話中的不同技巧，便能吸收成為自己的寫作養分。此外，老師也會教導我們可以用什麼方式書寫「小主編的話」，這讓我的寫作功力進步很多，不至於只停留在「我覺得很有趣」就結束了，還會加上「為什麼覺得有趣」、「哪裡有趣」等更具體的說明，讓內容更有力道。

在寫評語的過程中，若遇上絞盡腦汁卻還是想不出來的時候，我用的也是「把文章多看幾遍」這個妙招；即使因重複閱讀同樣內容而難免感到厭煩，不過最後往往會發現，我對該篇童話的感受，和一開始不一樣了，甚至能觸發出對它的多樣想法。

透過一〇四年度的童話選編工作，除了讓我更進一步的了解童話，提升我的閱讀與寫作能力外，也讓我感受到童話的多樣性與深度，即使已經是國中生的我，也因此喜歡上了童話。

這一切的所得，都要謝謝老師給予的教導。

我心目中的好童話

林宸伃

童話是兒童文學中的一種類別；以幻想、誇張的手法來書寫故事。

我心目中好童話的定義很簡單，就是：生動有趣，令讀者在閱讀過程中始終保持著期待感，且能帶來意外的驚奇。然而，儘管幻想是童話的本質，故事的發展卻得符合邏輯，而非天馬行空、胡思亂想。

還有，角色的塑造要夠鮮明，例如林哲璋老師創作的〈風紀股長不要吵〉，裡頭的主角「不要吵」很怕吵，他只要一喊「不要吵」，四周就會變得靜悄悄的，真的非常有特色。再來，篇章的標題若很特別，也會成為我們一頭栽進故事的動力，好比岑澎維老師的〈從來不準鐘〉、王文華老師的〈李白要好好讀書〉，都是我一見到標題，就想一探究竟的好童話。

其實，童話雖然充滿奇幻的情節，它所表達的卻脫離不了真實的生活，像劉思源老師的〈棉花糖大象與馬鈴鼠〉，就說出我們小時候那種「覺得自己太小、難以被他人看到」的心境；葉翠雰老師的〈奇遇貓頭鷹〉中，關於學校及家庭生活的描述，大家都很有親近感；洪雅齡老師的〈好說謊公司〉，主角那種活在謊言中的不安心境，許多人也不陌生。像這樣能觸動內心，引起共鳴，並且充滿奇思妙想、能讓眼睛一亮的童話，總會令我一讀再讀，難以忘懷。

一開始當小主編時，我一直覺得：童話會不會有點有幼稚呢？每當我閱讀著一篇篇作品時，這個問題一直在我的腦海裡盤旋。直到有一次，我一個人坐在床上翻越整疊厚厚的報刊影印本時，終於能心無旁騖，專注感受到其中的生動、美妙與深度。從那次開始，我閱讀童話的態度，就轉變了，不再有一絲一毫疑惑，能全心咀嚼故事中一字一句，以及其中所蘊藏的美與意涵。

而在一次一次的討論中，老師總是不厭其煩地講解童話的各種面向，例如童話的風格、童話的主題及內涵、童話的角色塑造等等，這些，一點一滴的累積在我們心裡，讓大家對童話的了解愈來愈深入。此外，討論時，我們除了學會表達自己的觀點，學習傾聽夥伴們的想法，也會因為相互的交流，擴展了新視野，也更讓我覺得，童話真的很不簡單，它的主題可以非常多樣，內容可以蘊含著許多道理，只要我們用心感受、用腦思考，一定會有所發現。

很高興能擔任《一〇四年童話選》的小主編，這將會是我重要的回憶。我更期待自己有一天能寫出令人喜愛的童話。

我心目中的好童話

鄭博元

我喜歡的童話，是具有奇幻色彩，角色裡包含反派，並且，主角在經歷某個事件時，得運用智慧解決難題。如果童話包含了這幾種元素，內容就會顯得曲折、高潮迭起、精采萬分。

這次參與《一〇四年童話選》的選編工作，讓我更了解童話，也讓我對童話立下新的標準。以前的我，看完故事就將它丟在一旁，頂多為了回味精采內容，再讀幾遍。但是現在，擔任過小主編的我，看完童話後，有時還會再檢視內容有什麼特別的地方，像是，主角是否具有顯眼的特質，故事有沒有特別的風格，或是作者運用了哪些寫作技巧……這些，都是在大家選擇篇章時，會討論到的層面。我也因此感覺到，自己更能從閱讀的過程中，提升文學的素養和思考能力。

童話中的內涵，也令我收穫良多。例如陳昇群老師的〈特效藥的外套〉，後來雖然被他自己的〈阿立的魔法石〉擠下來，我卻從中體會到：生病了，不要畏懼，要帶著勇氣努力好起來；蔡秉諺老師的〈月光花〉裡頭，為愛而付出的動人描繪，讓我深深感動，也讓我更深知孝心有多重要。

決定擔任小主編時，我原本以為工作應該很輕鬆，只要讀讀童話，選出喜歡的篇章，最後再寫寫感想，便完成了。但是，萬萬沒想到，最後文章多到連資料夾都裝不下，而且，面對那麼多佳作，常常難以抉擇，不知道到底要選哪篇才好。還有，有時「小主編的話」寫不出來，真的好苦惱，也讓我開始佩服那些出書的人。我想，他們在創作過程中一定遇到許多困難，卻堅持下來，並寫出好作品。而擔任一位評審就更難了，一定要了解童話的本質，還要「廣讀童話」，更要能從各個層面來解析童話，寫出作品的優點，也能給予中肯的建議，更讓讀者藉由解說，深入了解童話的內涵。因此，主編或評審也是非常重要的角色啊。

在討論的過程中，由於個人喜好不同，很容易有不同的選擇與看法，這時，就要進行拉票，希望自己心目中的好童話入選，不過，有時拉票不成功，眼看著喜愛的童話落選，就會感到有些遺憾。另外，有的作家的作品又多又好，所以，常常都讓該作者多篇童話「互相競爭」，票選再票選，好讓讀者可以看到我們認為該作者今年度最好的童話。

我非常感謝童話之父——安徒生，它撫慰了全世界小孩的心，我也想學習他，寫出好童話，雖然，這不是一蹴可幾，卻是我想努力的目標。而且，現階段已經擁有豐富閱讀資源的我，打算多捐一點書，讓偏遠地區的小孩，也能享受到閱讀童話的樂趣。

很榮幸，有這個機會擔任《一〇四年童話選》的小主編。我要謝謝姚萍老師，帶領我們玩遍童話世界！

一〇四年童話紀事

◎陳玉金

一月

● 十八日，中華民國兒童文學學會改選新任理監事，由邱各容當選第十一屆理事長。

● 義大利波隆納兒童書展插畫入選名單已經公布。臺灣有五位入選：王書曼、林廉恩、徐銘宏、陳又凌、劉旭恭，其中其中王書曼是第二次入選（二〇〇六年第一次），其他都是首次入選。

● 郝廣才著、山田和明圖，《哪個星星是我家？》由格林文化出版。

二月

● 八日與十五日，國家圖書館與在地合作社邀請美國兒童文學史學家與專業書評家雷納・馬可斯（Leonard S. Marcus）與繪本作家強・亞吉（Jon Agee），推出「國際繪本大師與童書評論名家專題講座」系列活動，分別在國家圖書館以及高雄市立圖書館舉行。

● 十一至十六日，二〇一五年第二十三屆臺北國際書展於世貿中心舉行，本屆主題國為紐西蘭。三館童書館，邀請「伊比利美洲精選插畫展」、「紐西蘭推薦插畫家展」，及「臺灣推薦插畫家展」，展示來自國內外的插畫優秀創作。主辦單位邀請紐西蘭國寶級作家喬伊・考莉（Joy Cowley）與知名童書作者、插畫家蓋文・畢夏普（Gavin Bishop）參與「繪聲繪影：從《口哨先生》、《為什麼雞不會笑》圖文創作談起」分享童書創作與心路歷程。

●十四日至四月六日，閣林文創股份有限公司與國立中正紀念堂管理處舉辦「讓想像飛躍——波隆納世界插畫大展」，為臺灣睽違十五年後，再度取得波隆納書展基金會及JBBY的正式授權來臺展出。入選二〇一四年波隆納插畫原作展的三八〇件展品，依照七十五位入選插畫家國籍，分為四大區。邀請日本人氣繪者三浦太郎，以及二〇一一年至二〇一四年間曾經入選的四位臺灣籍插畫藝術家：洪意晴、鄒駿昇、陳盈帆、施政廷等參與展出。

●陳玉金著《臺灣繪本原創力》由小魯文化出版，介紹臺灣十一位繪本創作者：鄭明進、曹俊彥、呂游銘、徐素霞、劉伯樂、邱承宗、黃郁欽、陶樂蒂、李如青、孫心瑜、劉旭恭等人。

●林哲璋著、BO2圖，《用點心學校6：神氣白米飯》由小天下出版。

●亞平著、李憶婷圖，《阿當，這隻貪吃的貓！1》由巴巴文化出版。

●郝廣才著、村上仁美圖，《浴室變小了！》由格林文化出版。

●陳沛慈文、金角銀角圖，《小熊寬寬與魔法提琴2：勇闖黑森林》由親子天下出版。

三月

●六日，瑞典國際兒童圖書評議會公布二〇一五年小飛俠獎（Peter Pan Prize），由臺灣插畫創作家陳致元的《GujiGuji》獲得此項榮譽。評審團認為，《GujiGuji》是一本俏皮、溫馨的圖畫書，陳致元創造了醜小鴨，把鱷魚蛋與鴨蛋有趣圖畫的變化，用水彩畫和豐富色彩的插圖，增強了故事的幽默，也增加許多有趣的細節。故事內容啟發人們學習尊重包容。瑞典國際兒童圖書評議會（International Board on Books for Young People，簡稱IBBY）將於九月下旬頒給陳致元榮譽證書，邀請陳致元到瑞典參加哥德堡國際圖書博覽會及訪問活動。瑞典IBBY小飛俠獎（Peter Pan Prize）為每年頒給在瑞典不易見到的文化、國家、語言的最佳譯著。

●十二日，九歌出版社發表臺灣一〇三年度散文、小說、童話選新書，並頒獎給年度文選得主。《九歌一〇三年童話選》大主編陳素宜和三位小主編柳柏宇、游巧筠、劉昶佑共同選出童話作品二十三篇，有林良、張曉風等大師前輩作品，也有王文華、林世仁、周姚萍、岑澎維、楊隆吉等創作質量俱佳的中生代，本屆「年度童話獎」由〈櫻桃樹街的奇蹟〉的作者陳秋玉獲得殊榮。陳素宜表示自己從入圍童話作品看到了兒童文學的希望，而陳秋玉的〈櫻桃樹街的奇蹟〉情節進展順利而不突兀，角色的描寫自然而親切，又能結合時代的變遷，抓住人心最需要安慰補償之處。

●二十九日，二〇一五年臺南兒童文學月「閱讀萬花筒」系列活動第三年展開，在臺南火車站旁、文化創意產業園區舉行開幕式，由市長賴清德、教育局長陳修平和承辦學校校長揭幕，總計推出十個主題活動，讓兒童可以探索文學閱讀的各種型態。十大主題活動有全市性的「愛上圖書館」與文學列車活動、好書推薦之「推推書・奇幻旅程」、六條「文學地圖走讀」路線、「校園電影日」、「行動英語之安徒生童話」、「文學小論壇」以及「囡囝故事嘉年華」活動，並辦理「兒童文學創作專輯《小黑琵第五輯》徵文」、「話我家鄉書展」與「優質本土兒童文學書籍徵選」活動。全市二〇九所小學和三十七區圖書館都將舉辦主題圖書展，而「童在臺南、樂讀文學」書展由評選出五十本優質圖書，有繪本、童詩、小說、橋梁書，在書展中展售，四月一日至三十日同時在臺南市各區圖書館展出。

●三十日到四月二日，二〇一五年義大利波隆納兒童書展的臺灣館以「瞧！臺灣」為題。孫心瑜以《北京遊》，獲二〇一五年「波隆納拉加茲獎（Bologna Ragazzi Award）」公布為非小說類佳作，為臺灣童書首次獲得，與入選插畫展劉旭恭、王書曼、陳又凌、徐銘宏等人皆至書展領獎。

●黃郁欽著、圖，《躲好了沒？》由小魯文化出版。

●郝廣才著、安嘉拉茉圖，《沒關係，我幫你！》由格林文化出版。

四月

●十八日，「二〇一四年好書大家讀」年度最佳少年兒童讀物頒獎，共一百二十九冊圖書獲獎，其中文學讀物類六十四冊、圖畫書及幼兒讀物類三十六冊、知識性讀物二十九冊。本土創作或編著共五十九冊，翻譯作品七十冊。文學故事類童話原創得獎有：林世仁著《十四個窗口：二十週年經典版》、林世仁著；川貝母等繪《古靈精怪動物園》、林世仁著；薛慧瑩繪《怪博士與妙博士2：失敗啟示錄》、哲也著；林小杯、崔麗君、楊麗玲、錢茵、Tai Pera繪《小東西》、《小東西2》、孫晴峰著；黃怡姿繪《小紅，不一樣》、張嘉驊著；賴馬繪《長了韻腳的馬：張嘉驊的經典押韻童話》、貓小姐（王郁婷）作《浮世貓繪》等。此外，本年度「年度優秀繪圖獎」，由呂游銘《一起去看海》、林小杯《喀噠喀噠喀噠》、六十九《大象大象去郊遊》獲得。

●十九日，信誼幼兒文學獎揭曉，首獎從缺。本屆除圖畫書創作獎由江明恭《小桃妹》獲得佳作之外，重新恢復圖畫書文字創作獎，由顏淑敏《有一家雜貨店》、許珍瑋《蛋糕可以分我一半嗎？》兩件作品獲得佳作。本屆參賽作品達五〇一件為歷屆之最。

●十九日，林鍾隆紀念館因仁和國小對紀念館空間另有規畫，三月底閉館不再對外開放，援助館經營的謝鴻文與SHOW影劇團另組「林鍾隆兒童文學推廣工作室」繼續未竟的志業，在桃園「毛怪和朋友們童書藝術工作室」舉辦「聆聽桃園兒童文學的美麗聲音」，由謝鴻文每個月導讀介紹一位桃園的兒童文學作家近期代表作，本日首先導讀林鍾隆童話《智慧銀行》，五月十七日導讀傅林統童話《傅林統童話》，六月二十一日導讀施政廷繪本《鮭魚大王》，七月十九日導讀黃秋芳童話《床母娘的寶貝》，八月十六日導讀張又然繪本《春神跳舞的森林》，九月二十日導讀林茵童詩《詩精靈的化妝舞會》，十月十八日導讀李光福少年小說《因為我愛你》，十一月十五日導讀謝鴻文少年小說《好神經》。

●二十二日，第三十九屆金鼎獎公布得獎名單，圖書類出版獎：兒童及少年圖書獎得有李如青《拐杖狗》、哲也《小東西》、賴馬《愛哭公主》、林世仁、黃祈嘉《小麻煩》等。圖書類個人獎：圖書插畫獎得獎為李如青《拐杖狗》。雜誌類出版獎：兒童及少年類獎，獲獎為小典藏《artcokids兒童藝術與人文雜誌》。

●二十九日，TAZZE讀冊生活舉辦「給各種孩子的閱讀書單二〇一五系列講座」，由周惠玲策劃書展，並有林世仁、王淑芬、李黨、宋珮的四場講座，與童話有關的是林世仁主講「橋梁書上的童心風景——童話的異想世界」。

●安石榴著、吳奕萱圖，《小熊威力：小熊威力和他的朋友》由小熊出版。

●郝廣才著、朱里安諾圖，《不可以吃我的妹妹！》由格林文化出版。
●劉清彥、姜義村合著、海蒂朵兒圖，《啄木鳥女孩》由巴巴文化出版。
●蕭逸清著、陳佳蕙圖，《神探噴射雞》由小天下出版。

五月

●十六日，新北市立圖書館新總館（五月落成），邀請日本知名繪本療癒天后伊勢英子、兒童文學作家高樓方子，與聯經出版社，共同舉辦「繪本國際力：日本繪本出版與創作論壇」分享創作歷程，此外編輯廣松健兒與作家柳田邦男亦出席論壇分享。
●二十一日，由文化部指導、九歌文教基金會主辦的第二十三屆九歌現代少兒文學獎揭曉，首獎由花格子的作品《方中街99號》獲得。評審獎由翁心怡《前進吧！寶利》獲得；推薦獎為左煒的《雲裡住著女巫》。另外，還選出三名榮譽獎，分別是：阮聞雪《小杰和他的勇腳仔》、曾佩玉《圖書館的鬼朋友》、蔚宇蘅《風雨中的茄苳樹》。此次參賽作品題材許多以單親、自我成長等少兒重要議題。投稿有來自臺灣、大陸、香港及海外的一百零四件作品，分三階段評審，最後由學者及作家李偉文、許建崑、陳素宜、游珮芸、黃秋芳等決審。
●三十日至六月六日，第五屆「新加坡亞洲兒童讀物節二〇一五」（AFCC）於新加坡國家圖書館舉行，臺灣兒童文學學者張子樟在論壇發表「深入淺出：童書的英譯中」，此外有五位來自臺灣畫家作品入選插畫家畫廊：何雲姿、林柏廷、孫心瑜、戴延任、張筱琦等入選。
●賴馬著、圖，《生氣王子》由親子天下出版。

六月

●二〇一五麥克米倫圖畫書獎（The Macmillan Prize）公布，由在英國劍橋藝術學院（Cambridge School of Art）進修童書插畫碩士的廖書荻（筆名阿玻）以圖畫書《夜晚探險去》（Adventure at Night）獲得首獎，也是首次有臺灣插畫家作品獲得首獎。此外，獲得第三名的有兩位，其中之一陳鈺瑩是金斯頓大學（Kingston University）的交換學生，他是臺灣藝術大學動畫系至金斯頓大學進行大學部插畫與動畫系的交換學生，獲獎作品是The Chair of Life。

●十九日至九月二十八日，「色彩魔法師——柯薇塔的繪本王國」在臺北華山一九一四文創園區展出。此次主題為《小花國王》，是捷克繪本家柯薇塔・巴可維斯卡的代表作品之一，故事內容以一位國王尋找可以跟他一起共賞花園的皇后為故事主軸，構築出不落俗套的愛情故事。

●二十五日，國立臺灣文學館一〇四年度第一期「文學好書推廣專案」決選名單公布，童話作品有《九歌一〇二年童話選》、《再見小童》等獲得補助。

●由中華民國兒童文學學會著、四也出版公司出版的《火金姑：中華民國兒童文學學會會訊》二〇一五春季號，為《中華民國兒童文學學會會訊》改版為書本型式出版，依臺灣時令發行。內容有：論學述壇、特集、紙上書展、創藝特區、境外譯萃、藝文短波等；並介紹當季兒童文學出版訊息、和作家創作的小小說、童話、散文、詩作、繪畫等作品。本期童話創作有林世仁的《不可思議先生故事集》1——舌頭上的動物園》。

●張友漁著，小頭目優瑪五部曲：《迷霧幻想湖》、《小女巫鬧翻天》、《那是誰的尾巴？》、《失蹤的檜》、《野人傳奇》，由親子天下出版十周年紀念版。

●哲也著、水腦圖，《小熊兄妹的點子屋1：點子屋新開張！》由親子天下出版。

●黃秋芳著、蘇力卡圖，《床母娘珠珠：黃秋芳童話》由九歌出版。

●謝鴻文著、鄭潔文圖，《不說成語王國》由國語日報出版。

七月

●三至八日，由中國作家協會港澳臺辦公室舉辦的「兩岸青年兒童文學作家創作論壇會」在上海、南京舉行，臺灣由邱各容領隊，帶領臺灣出席的兒童文學作家有林少雯、張素卿、廖雅蘋、陳佳秀、林哲璋、謝鴻文、蕭逸清、王宇清、顏志豪，與中國當地上海、南京等地的兒童文學作家、編輯，就「全球化背景下的兩岸兒童文學」議題作交流。

●二十八日，第五屆臺南文學獎公布得獎名單，兒童文學類首獎李慶章〈千里眼與順風耳〉，優等王怡祺〈諾鹽〉，佳作張英珉〈小年和阿褪〉、邱靖巧〈斑馬兔〉、陳愫儀〈門神找家人〉。

●三十一日，文化部公布「第三十七次中小學生優良課外讀物評選推介活動」獲選書籍，徵選從一〇三年一月一日至十二月三十一日期間出版發行的圖書共計有二一〇家出版社、四〇一四冊參選，較前次成長近百分之五的參選書量。最終評選出六七〇種（一〇六七冊）。共分八大類別：圖畫書類、科學類、人文及社會類、文學創作類、文學翻譯類、叢書工具書類、漫畫類、雜誌類等，進行評選。文學創作類入選童話作品有：王淑芬著、李小逸圖《一句話專賣店》、王文華著、九子圖《森林小學的七堂課》、哲也著、林小杯等圖《小東西》、林世仁著、六十九圖《十四個窗口》、林世仁著、南君圖《再見小童》、林世仁著、黃祈嘉圖《小麻煩》、張嘉驊著、賴馬圖《長了韻腳的馬：張嘉驊的經典押韻童話》、林哲璋著、BO2圖《仙島小學1：桃花源大考驗》、孫晴峰著、swawa.com黃怡姿圖《小紅，不一樣》、劉思源著、九子圖《狐說八道2：小心假猩猩》、王文華主編、Kai、李月玲、劉彤渲圖《九歌一〇二年童話選》等。

●三十一日，第四屆豐子愷兒童圖畫書獎結果揭曉，首獎及兩位佳作皆來自臺灣，首獎為林小杯《喀噠喀噠喀噠》，佳作劉清彥著、蔡兆倫圖《小喜鵲和岩石山》、李如青著《拐杖狗》。

●哲也著、唐唐圖，《晴空小侍郎》套書，由親子天下出版十周年紀念版。

●蕭逸清著、吳嘉鴻圖，《魔術狗臭臭》由九歌出版。

●王宇清著、六十九圖，《妖怪新聞社：月光恐慌事件》由巴巴文化出版。

八月

●一至三日，由文化部、聯經文化、佛光大學主辦的「二〇一五全國巡迴文藝營」在佛光大學舉行，兒童文學繪本組由李如青擔任導師，其他課程講師有林柏廷、孫心瑜、李明足、祝建太、謝鴻文。與童話相關課程是謝鴻文主講「從我們的土地生養出童話」。

●十三日，「大陸兒童文學作家其創作理念演講及座談會」由臺東大學兒童文學研究所邀請中國兒童文學作家、劇作家張之路談「綠色想像」，兒童文學作家、電視劇編劇、導演王佐泓談「兒童劇中的孩童典型」，並由杜明城主持，與桂文亞、張之路、王佐泓等進行座談。

●十五、十六日，「原住民兒童文學研討會」在國立臺東大學師範學院淑真講堂舉行。總計三場論文發表會與二場主題演講。第一場第一篇為高旋淨的書面發表〈布農族主題繪本研究——以

《布農族・法莉絲 Bunun・Valis》為例〉，第二篇為林羿均的〈談原住民自我書寫兒童圖畫書中的文化風貌——以《母親，她束腰》等五本圖畫書為例〉，第三篇論文為耿羽的〈「圖騰的嬗變」：中國少數民族題材動畫的敘事特徵研究〉，第四篇為黃懷慶的〈臺灣原住民圖畫書的符號與意義〉，主持人為陳冠君，由陳玉金與藍劍虹評論。第二場第一篇為林偉雄的〈歌謠與小說間的重唱：以《Ina Bunun！布農青春》中的主題及歌謠為例〉，第二篇為蔡明原的〈從寫實到奇幻：張友漁原住民意識作品中的生態觀與族群想像〉，第三篇為葛容均的〈打破符碼化敘事？——觀看「原住民」相關之敘事美學〉，由杜明城主持，許建崑與黃雅淳擔任評論。第三場論文發表，第一篇為呂秋琴、呂美琴的〈Vuvu 為我們說的故事——金崙溪流域排灣族神話與傳說故事採集之研究〉，第二篇為呂美琴、林文寶及陳淑芳的〈小米啊！小米！讓我為你做一首詩——東排灣原住民兒童文學創作與文化傳承〉，第三篇為曾建義、程鈺雄的〈阿美族歌舞教學述說研究——以捕魚國小為例〉，由章勝傑主持，董恕明及呂素幸綜合評論。

●二十日，由文化部主辦「第三十七次中小學生優良課外讀物推介評選活動」結果於七月底揭曉，接著以「親子共讀」為設計主題線上主題書展「我家的讀想花園」。邀請游珮芸、王淑芬、余治瑩，策畫「我家的讀想花園」線上主題書展，自前五次的獲選名單中，精選四十五冊好書展出。

●二十七日，金門縣第十二屆浯島文學獎徵文活動公布得獎名單，兒童文學組：第一名吳高勝〈酋長勝哥〉、第二名陳倚芬〈在金門說故事的聲音〉、第三名王昭偉〈攀魔藤而來的小偷〉；佳作分別為李炎宗〈阿呆長大了〉、張慧玲〈樹下的祕密〉、陳志和〈草仔的願望〉、郭桂玲〈廣東粥小廚師〉。

● 由圖畫書俱樂部著的繪本誌，《大野狼。繪本誌1》由小魯文化出版。

● 哲也著、水腦圖，《小火龍上學記》由親子天下出版。

● 王家珍著、鄭潔文圖，《諺語運動會之超級數一數》由巴巴文化出版。

九月

● 七日，膾炙人口《顛倒歌》的資深兒童文學家華霞菱辭世，享壽九十八歲。華霞菱筆名雲淙，一九六五年開始創作兒童讀物，出版《老公公的花園》、《小糊塗》、《顛倒歌》、《五彩狗》、《找》、《五樣好寶貝》等。

● 十八日，桃園市教育局主辦的「桃園市兒童文學獎」公布得獎名單，童話故事組得獎者第一名張英珉〈錯字的地獄〉、第二名黃秀君〈太陽下凡〉、第三名吳高勝〈幸運的蝴蝶結〉、佳作邱素青〈我不是故意的〉、吳嘉梓〈小豬潔琪的傷心事〉、李慧娟〈吃一口香蕉〉。

● 二十六日，以《GujiGuji》獲得瑞典國際兒童圖書評議會（IBBY）小飛俠獎（Peter Pan Prize）的陳致元，在瑞典哥特堡領取獎項。哥特堡書展現場也為陳致元安排相關活動。瑞典世界文化博物館舉行「GujiGuji 劇場」首演，由當地的兒童劇團演出。哥特堡公共圖書館以小讀者為對象，舉辦中文與瑞典文的陳致元故事與工作坊。

● 三十日，一〇四年教育部文藝創作獎頒獎，教師組童話項，得獎者共六名，特優：陳昇群〈矮聲音〉，優選：陳彥廷〈剪影子〉、朱心怡〈傻呼嚕〉，佳作：林玉雯〈貝貝愛追夢〉、洪雅齡〈好說謊公司〉、葉翠雰〈奇遇貓頭鷹〉。

●中華民國兒童文學學會著、四也出版公出版《火金姑：中華民國兒童文學學會會訊》二〇一五夏季號出版。本期童話創作有林世仁的〈會飛的麵包〉、山鷹的〈ㄩㄢˋㄉㄞˋ〉。

●兒童文學重要著作《書、兒童與成人》重譯新版問世，此書是法國文學史及比較文學學者保羅·亞哲爾，在一九三二年發表的著作，書中整理自十七世紀以來，歐洲兒童文學著作與觀念發展，對於規訓意味濃厚的作品提出批判，重視兒童的幻想與遊戲特質以及兒童閱讀的樂趣和童年的特殊地位，提升了兒童文學的地位。本書在臺灣曾於一九九二年由傅林統自日文翻譯出版，此次由天衛出版社出版由梅思繁自法文直譯的版本。

●中華兒童叢書《小紅和小綠》潘人木著、曹俊彥圖，新版由小魯文化出版。

●阿德蝸著、水腦圖，《火龍的逆襲》由巴巴文化出版。

●林哲璋著、BO2圖，《不偷懶小學3：不好找寶藏》由小天下出版。

●哲也著、右耳圖，《YES！也算是小超人》由小天下出版。

十月

●十六、十七日，「黃春明及其文學國際學術研討會」在宜蘭大學舉行，黃春明以「聽·說·讀·寫」為題演講，並有臺灣、美國、日本、馬來西亞、中國、香港等多位學者、作家與會。與兒童文學相關論文有：朱心怡〈從黃春明童話看自我的追尋〉，由郭晉銓評論，陳宜政〈純真、童趣、鮮明——黃春明撕畫繪本的圖像語言〉，由邱各容評論，傅幼沖〈黃春明與李潼比較研究——以兒童文學、散文、小說為範疇〉由李賴評論。

●十七日，臺中文學館舉辦「發現臺中文學館講堂系列」邀請謝鴻文主講「從此我們在兒童文學中過著幸福快樂的日子」，演講內容介紹了多本東西方兒童文學經典。

●三十日，第十四屆「國語日報兒童文學牧笛獎」得獎名單揭曉。首獎為孫玉虎的〈遇見空空如也〉。第二名是張英珉的〈考鴨蛋〉，第三名是慈琪〈阿弟是個特別的大人〉。佳作三名分別是鄭丞鈞〈小支的天燈〉、陳君玲〈一只箱子的奇妙之旅〉和謝文賢〈媽祖氣炸了〉。其中首獎孫玉虎、第三名慈琪為來自中國。

●由三民書舉首度舉辦的「三民繪本獎」徵選活動，得獎者為：圖文整合組首獎從缺，佳作：江明恭文、圖《毛毛蟲男孩》、林爾萱文、劉小屁圖《柚柚的馬戲團夢想》、林爾萱文、江薇彥圖《阿克與小熊》、蔡任翔文、DN圖《膽小爺爺》。純圖畫組，首獎：Funkey Chuo《不怕不怕》，佳作：Luby《我討厭飛機》、Abbyeh《跌跌蹲蹲不怕怕》、林妤庭《小柏飛人》、辜裕恩《勇氣》。此次總計七一〇位來自世界各地參賽者，共六八九件作品，評審以故事完整性、繪圖技巧、圖文整合程度為主要評選考量。此次評審為柯倩華、游珮芸、劉鳳芯、宋珮、幸曼玲。

●王文華著、黃祈嘉圖，《第100棟大樓》由小天下出版。

●林世仁著，林芷蔚圖，《妖怪小學1：誰來報到？》由親子天下出版。

●吳在媖著、黃照敏圖，《奇幻森林的娘娘腔事件》由聯經出版。

●亞平著、李憶婷圖，《阿當，這隻貪吃的貓！2》由巴巴文化出版。

●馬景賢著、林傳宗圖，《國王的長壽麵》由小魯文化出版。

●蕭逸清著、林芷蔚圖，《泡泡龍核吉拉》由康軒出版。

十一月

●十三日，國語日報社前董事長、兒童文學作家林良，獲馬英九總統頒授「二等景星勛章」，認為「領受這個勛章，等於得到國家勉勵，把文學的耕耘作為一生的職志」。

●十五日，「新世紀的臺灣兒童文學研討會」由中華民國兒童文學學會主辦，於金車文藝中心舉行。會中邀請洪文瓊主講「臺灣兒童文學生態變遷之我見」。上午發表論文有王淑珍發表「幼兒園教師應用繪本教學提升幼兒語文能力之行動研究」，林榮淑發表「他者：東方主義，殖民論述與《仙履奇緣》」，由張子樟老評論。下午發表論文李明足發表「經典改寫兒童繪本研究——以《聊齋誌異．王六郎》改寫繪本為例」，劉元富發表「論新聞事件於少年小說中運用——以李光福《別打！他是我爸爸！》為例」。陳正治評論。綜合座談，邀請四位講者從不同面向談論臺灣兒童文學的現況，分別是陳玉金「新舊世代共讀兒童文學——談『臺灣兒童文學叢書』企劃執行」；黃海「科幻小說創作過程」；林世仁「新童書、新童話、新市場」；張捷明「現代客語兒少文學的點點滴滴」。

●二十日，林世仁於中華民國兒童文學學會石頭湯讀書會第七十九場，談〈童話賞析——從創作端談童話的兩種面貌〉。

●二十四日起為期七天，「二〇一五國際書展暨蔬食博覽會」在高雄佛光山舉行，展覽主題為「三好校園共識營」、「我愛閱讀——書畫雲水、詩歌人間，兒童徵文徵畫暨新詩創作頒獎典禮」，以及「二〇一五全民閱讀博覽會」。

●二十九日，繪本作家陳致元在墨西哥瓜達拉哈拉書展受邀擔任插畫家系列活動的開場演講，他以年輕時受禪師開釋的話語「一切諸經皆是敲門磚」，描述他創作的起源皆來自生活。

●王文華著、L&W studio圖，《可能小學的歷史任務二套書（四冊）》由親子天下出版。

●劉清彥、姜義村合著，九子圖，《亞斯的國王新衣》由巴巴文化出版。

十二月

●二至十日，東方出版社歡慶七〇週年，在紀州庵文學森林舉辦「七〇週年生日特展」，現場展示眾多絕版書籍與雜誌月刊，例如《東方少年月刊》、《少年古典小說》、《世界少年文學精選》等作品。

●六日，桃園市政府文化局舉辦的「二〇一五鍾肇政文學獎」頒獎，童話類首獎吳高勝〈送禮接班人〉、貳獎吳佳穎〈馴獸師〉、參獎張任雄〈尋找星星的詩人〉、佳作鍾鐵鈞〈萬頭牲〉、施綉好〈慢慢爬樹〉、陳佩萱〈盡情畫吧，蠟筆小白〉。

●十二日，國立公共資訊圖書館舉辦「臺灣閱讀節」系列活動，其中「與國圖相見歡」於在國家圖書館歡樂上場，為國家圖書館一年一度特別為國小及學齡前學童所舉辦的活動，活動內容包括「圖書館小小兵：小小館員體驗活動」、「走進奇妙故事屋」以及「小手做小書，創意DIY」三場充滿知識與趣味的活動。

●十四日，「亞洲童年與視覺文本」研討會於國立臺北教育大學舉行，主辦單位為國立臺北教育大學兒童英語教育學系、國立臺北教育大學幼兒與家庭教育學系主辦，協辦為臺灣兒童文學研究學會、豐子愷兒童圖畫書獎組委會。會中專題演講邀請澳洲兒童文學學者Clare Bradford演講「Across and between: Transnational childhoods in visual texts for the young」，以及柯倩華演講「走進臺灣兒童圖畫書」。論文發表：二十四篇關於圖畫書、卡通、漫畫等視覺文本的精采論文，同一時段有三個場次，兩場英文，一場中文。

●三十日，林鍾隆兒童文學推廣工作室有鑑於臺灣目前與童書相關的評選獎項，外來翻譯書總是占去大半，臺灣本土的兒童文學創作被青睞鼓勵的機會太少，嘗試評選舉辦「二〇一五年度臺灣兒童文學佳作」推薦活動，爾後每年將評選出十本書，本年度推薦書目為：賴馬著、圖《生氣王子》，哲也著、水腦圖《點子屋新開張》，山鷹著、Champ 圖《星空動物園》，黃秋芳著、蘇力卡圖《黃秋芳童話：床母娘珠珠》，張友漁著、儲嘉惠圖《蘭嶼、飛魚、巨人和故事》，潘人木著、曹俊彥圖《小紅和小綠》，賴曉珍著、陳孟瑜圖《小黑羊去上學》，劉清彥、姜義村著、九子圖《亞斯的國王新衣》，黃惠鈴著、林藝軒圖《香藝之家》，林世仁著、唐唐圖《地球筆記本》。

●三十一日，宜蘭縣政府委託黃春明及黃大魚劇團經營的百果樹紅磚屋，因預算全數被刪，黃春明原本決定結束經營，在二〇一五年最後一天，經由上百位作家聲援，參加告別趴，且縣府確定將紅磚屋轉由文化局接管，發展為「黃春明文學館」，讓黃春明確定留下。

●誠品書店公布年度兒童文學暢銷 ToP 20，排名第一由西本雞介著、大石真圖《名著大家讀：伊索寓言25篇》系列獲得，第二名為林哲璋著、BO2 圖《用點心學校6：神氣白米飯》，第三名為黑柳徹子文、岩崎知弘圖《窗邊的小荳荳（30週年紀念版）》，其餘為：原作馬克·吐溫原作、郭漁改寫《湯姆歷險記》、哲也著、水腦圖《小火龍上學記》、美國迪士尼公司著《小公主蘇菲亞夢想與成長讀本4：萬聖節舞會》、美國迪士尼公司著《小公主蘇菲亞夢想與成長讀本2：皇家睡衣派對》、瑪麗·波·奧斯本著《神奇樹屋51：南丁格爾的夢想》、法蘭克·包姆著《綠野仙蹤：百年經典原創插畫復刻版》、詹姆斯．馬修．貝瑞著、威廉．丹斯洛圖《彼得潘（百年經典圖文全譯版）》、安晝安子著《什麼都行魔女商店21：這次的客人是露露和菈菈》、公共電視文化水果冰淇淋製作團隊著《水果奶奶好故事3：琳琳的生氣帽》、成田覺子著、千野枝長圖《魔法公主9：神祕鏡之國》、成田覺子著、千野枝長圖《魔法公主10：魔界馬戲團》、哲也著、水腦圖《小熊兄妹的點子屋1：點子屋新開張！》、安晝安子著《香草魔女16：天藍色香草的神奇魔力》、岩貞留美子著、真斗圖、田丸瑞穗攝影《動物物語系列1：忠犬小八》、金美永《心靈學校2：不要再欺負我了！》、原裕《怪傑佐羅力33：佐羅力要被吃掉了！》、路易斯．卡洛爾原著、郭漁改寫《愛麗絲夢遊仙境》、克里斯．哥倫布著、奈德．維齊尼圖《祕密之屋》。

●二〇一五開卷好書獎揭曉，最佳童書．青少年圖書組選出最佳童書：麥克．巴奈特著、雍．卡拉森圖《一直一直往下挖》，鈴木典丈著《我的百變馬桶》，陳玉金著、呂游銘圖《那年冬天》，劉清彥、姜義村著、九子圖《亞斯的國王新衣》，高畠那生著《青蛙出門去》、林小杯著《非非和她的小本子》。最佳青少年圖書：珍．克雷賀德．喬治著《冰海之鯨》、安德魯．克萊門斯著，唐唐圖《祕密地圖》，艾米．汀柏蕾著《尋找阿嘉莎》、路易斯．薩奇爾著《爛泥怪》。

●傅林統自印出版《兒童文學風向儀——「兒童文學的現代思維與風尚」論述》，主要探討了兒童文學的奇幻風尚，以及童話的深層象徵與心理輔導。

●國語日報社出版牧笛獎精品童話《遇見空空如也》，收錄孫玉虎、張英珉、慈琪、鄭丞鈞、陳君玲、謝文賢等得獎作品，由陳盈帆等圖。

●由臺灣文學館與國語日報社合作出版《臺灣兒童文學叢書》一套六冊，由六位資深作家作品搭配插畫家，計有兒歌：馬景賢著、南君圖《小問號》、華霞菱著、阿力金吉兒圖《海上旅行》，童詩：林良著、趙國宗圖《沙發》、趙天儀著、陳又凌圖《西北雨》，童話：黃郁文著、江蕙如圖《雪地和雪泥》和少年小說傅林統《河童禮》等。每一本書並附錄作家身影紀錄片，以及朗讀CD。

- 王淑芬著，尤淑瑜圖，《去問貓巧可》由親子天下出版。
- 嚴凱信著、圖，《髒兮兮國王》由小魯文化出版。

九歌童話選 13

九歌104年童話選

Collected Fairy Stories 2015

主編　周姚萍、沈世敏、林宜暄、林宸伃、鄭博元
插畫　王淑慧、李月玲、許育榮、劉彤渲
執行編輯　鍾欣純
創辦人　蔡文甫
發行人　蔡澤玉
出版發行　九歌出版社有限公司
台北市105八德路3段12巷57弄40號
電話／02-25776564・傳真／02-25789205
郵政劃撥／0112295-1
九歌文學網　www.chiuko.com.tw
印刷　晨捷印製股份有限公司
法律顧問　龍躍天律師・蕭雄淋律師・董安丹律師
初版　2016（民國105）年3月
定價　360元

書號　0172013
ISBN　978-986-450-047-5
（缺頁、破損或裝訂錯誤，請寄回本公司更換）
本書榮獲臺北市政府文化局贊助

國家圖書館出版品預行編目資料

九歌104年童話選. / 周姚萍主編 ; 王淑慧、
李月玲、許育榮、劉彤渲圖. -- 初版. -- 臺
北市 : 九歌, 民105.03
面 ; 公分. -- (九歌童話選 ; 13)

ISBN 978-986-450-047-5(平裝)

859.6 105000763